郑小驴 著

消失的女儿

北京出版集团公司
北京十月文艺出版社

新经典文化股份有限公司
www.readinglife.com
出 品

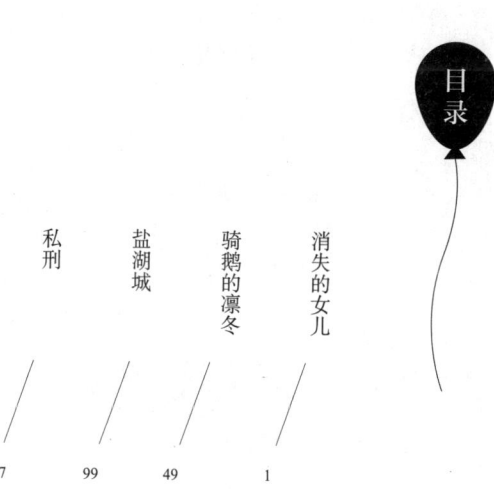

目录

消失的女儿 ... 1

骑鹅的凛冬 ... 49

盐湖城 ... 99

私刑 ... 137

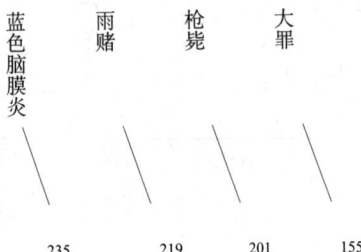

蓝色脑膜炎	雨赌	枪毙	大罪
235	219	201	155

消失的女儿

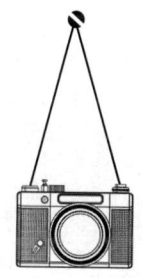

所谓罪,是指一个人穿越另一个人的人生,却忘了留在那里的雪泥鸿爪。

——远藤周作 《沉默》

护林员

一九九四年五月十五日下午,白马林场传来两声枪响。附近的人晓得,那是护林员鲁德彪又在打猎了。那天下午,鲁德彪在山上打到了两只松鸡。方圆数十里,他说枪法第二,没人敢说第一。鲁德彪有杆双管猎枪,是看护林场用的。但他更信赖自制的那一杆。为此他花了一个星期的时间。两杆猎枪交叉挂在墙上,像把叉。鲁德彪喜欢打猎,隔上几天不打猎,就手痒。林场生活很单调,打猎算是他为数不多的乐子。猎物映入眼帘,冷静地举枪、移动、瞄准、射击……猎物应声倒地。这过程,有类似射精的快感。

枪声在山谷一波波地回荡,传出几里远。

很少有猎物能逃过他的枪口。秋冬天他打兔子、猹、麂子；春夏打斑鸠、松鸡、鹌鹑。每次回来，身上都沾着血。他是唯一敢独自向成年野猪开枪的人。小李不敢，陈兵不敢，整个鸭柯围也没人敢。野猪嘴长皮厚，一枪很难撂倒。受伤的野猪两眼充血，像两粒红炭，嗥叫着朝人冲来。发起狂的野猪，能拱倒一棵树。

不光打野猪，遇见老虎，鲁德彪也照打。这边不叫老虎，叫"老虫"。三十年前，林场还有老虫的踪迹，鲁德彪父亲讲，某天深夜，老虫叼走了鸭柯围一户人家的仔猪。鸭柯围的人听见猪的惨叫，纷纷爬起来，举着枞油火把，抄扁担扛锄头，敲锣打鼓，一路追到林场峰顶，给仔猪连夜报了仇。鲁德彪的父亲也参与了，第二天分到一碗老虎肉。如今老虎绝迹了，野猪倒是多得很。一群群，一伙伙，像扫荡的鬼子。但凡被它们盯上的苞谷地，用不了一个时辰，拱个精光。山民恨得牙齿咯咯响，又打不到，天黑前往苞谷地里放鞭炮，扎稻草人，吓唬吓唬。时间久了，野猪们也学精了，知道那是唬人玩意儿。

鲁德彪扛回过几只野猪。百十来斤的野兽扛在肩上，脚步踉跄，浑身血污，晃晃悠悠，看上去要倒。其实脸和身上都是野猪血，他没事，只是累，困乏至极。他草草吃点东西，光着身子，酣睡到晌午才醒。第二天，满血复活，胡须比野猪鬃还粗硬。夹着李丽敏的腰，放倒在床上，粗鲁地要一回。李丽敏麋鹿一样躺在床上，任由他弄，就是不置一声。他有时很生气，没有声音，就没了挑战，少点味道。他倒希望李丽敏像老虎和野猪一般向他示威。

"他娘的，你倒是叫啊！"

李丽敏偏不。这个看似柔弱的女人内心有一股执拗的东西。为了降服她，鲁德彪有时管不住自己的手。他掐着她的脖子，摁在墙上，女人的头撞击着木板，发出沉闷的响声。

但李丽敏就是不叫。他撒了手，觉得无趣，坐在门槛上抽烟，看着远方牛背般起伏的山脊出神。

一九九四年，鲁德彪已经很长时间没体验过女人的快感了。一年前，不堪忍受的李丽敏终于解脱，跟他离了婚。两人特意去了趟镇上，在那座苏式风格的老区法院，当着法官的面，宣告两人六年的婚姻画上句号。女儿判给了李丽敏。

回家收拾完行李，她却没带走女儿。

"你敢带黎黎，"护林员冷冷地瞥了眼墙上的猎枪，"我就要你的命。"女人就哭，黎黎也哭。哭声惊动隔壁同事小李和陈兵，两人都过来劝。鲁德彪倔脾气来了，黑着脸，沙哑地吼："家里的事，你们少插嘴。"小李和陈兵就不便吱声，都摇头叹气：

"何苦哀哉，哪对夫妻没吵过架哦，都是床头吵架床尾和。"

两人是做媒认识的，谈不上有多深感情。李丽敏娘家离鸭柯围五十里地，高考没考上，嫁到了林场。深山老林，喊天天不应喊地地不灵。一山连着一山，连绵起伏，方圆百公里，都是茂密的原始次森林。附近只有鸭柯围一个小小的村庄，稀稀拉拉住着两三百户人家。唯一的慰藉，护林员是吃国家粮的。除了这点，她实在找不出第二条了。

护林员不仅打猎，也爱打人。打猎通常一枪撂倒，且在暗处，嫌不过瘾。打人会呻吟，会反抗，会尖叫，有互动，比打猎还解闷。那年冬天，他喝醉了酒，打断了她的鼻梁骨。第二天酒醒，他才想起，大概算是他最不光彩的回忆了。他起誓不再打人，然而总是气血冲头，管不住自己拳头。打人和打猎一样，都会上瘾。鸭柯围的人背地里给他取了个绰号，叫鲁德彪"豹子头"。

李丽敏挨了六年打，没再给他机会。离婚后，去了遥远的海南，在一个农场扎下根来，跟一个山东人结了婚。

这个世界上，他唯一不敢打的人，是女儿黎黎。她再淘气，再顽皮，他也舍不得责骂，更谈不上动手。黎黎站在林间，就像个精灵。他邋遢惯了，但对女儿倒很上心。每次进城，都要带上，给她买衣服，买鞋子，买大堆吃的玩的。在护林员眼里，女儿是世间万物的中心。没了女儿，他活不下来。

下雪的冬天，最适合打猎。猎物们忍饥挨饿，要跑出来觅食。循着雪上的足迹，一找一个准。冬天的猎物，皮子好，脂肪厚，肉多。有段时间，他专打野兔。那种笨笨的兔子，命令大黑狗往下冲，运气好，都不需要枪，能活捉。

有次他捉到一只肥兔。通身雪白的绒毛，竖着一对细长的耳朵，憨态可掬。趁兔子还活着，他拎着脖子去剥皮。兔子大概晓得接下来的命运，瑟瑟发抖，发出婴儿般的喘息。

黎黎求他，爸爸，放了野兔好不好？

他说为啥？

她伸手摸了摸小兔子,说,野兔好可爱啊。

他的心柔软起来,望着女儿说,嗯,听黎黎的,我们饶兔子一命。大白兔已经吓傻,呆呆地立在雪地上,竖起耳朵,好一阵子才回过神,蹬腿就跑。黑子扑腾向前,被他赶紧喝住。黎黎就很开心,拍着小手掌,兔子快跑,兔子快跑!雪从云杉抖落,惊起一团雪瀑。兔子消失于茫茫林海中。

他答应女儿,从此不打野兔。

鲁德彪喜欢将女儿打扮得漂漂亮亮的。给她穿粉红色的裙子,白色长袜,戴蝴蝶结,搽上雪花膏,像个小公主似的。

那天中午,黎黎在看连环画。他望着墙上的猎枪,手痒得厉害。问黎黎,晚上想不想吃松鸡。尾巴有很长很漂亮羽毛的那种松鸡。他用手比画了下。黎黎咧嘴笑说好,我要松鸡的长尾巴羽毛。鲁德彪说,你等着,爸爸就给你打去,你待在家里,哪儿也别去。黎黎说好。他将黑子留在家看护黎黎,背着那杆自制的猎枪,带了火药,套上雨靴,快步朝林场深处走去。午间的雨停歇了,白云在深谷氤氲,漫过树梢,白纱一样缠绕着丛林。他听见几里路外山涧的瀑布声。六十年代搞三线建设,曾计划在那儿修个水库。后来水库没修成,意外成了一个军事禁区,挖了工事和防空洞,驻扎了兵营,整座山都被掏空了。夜里也有军人放哨,连只鸟都飞不进。鸭柯围没人进去过。外边的人更没人敢进。据说进去就出不来了。如此过了二十年,八十年代,军人却陆续撤了。撤了个干净。只留下那些掩体、兵营和神秘的山洞。掩体很快被荒草杂树吞噬,很难看出当年的痕迹。

山洞依然在，一共挖了八个，入口被水泥封死，没人知道里面有多大多深。

那天他的运气不错，打中了两只松鸡。松鸡立在冷杉的枝头，他屏气凝神，将枪口对准松鸡的要害。松鸡浑然不觉。枪声和松鸡的惨叫几乎同时响起。扣扳机那一刹那，他仿佛看到了松鸡眼中流露出的惊讶。他将松鸡绑好，用枪挑着，赶在天黑前回了家。做这些的时候，他的眼皮毫无征兆地猛跳了两下。

黑子远远跑过来迎接。这只养了九年的老猎狗对他忠心耿耿，通人性，他丢个眼神，它就明白意思。黑子伸着舌头，呢喃叫着，扑枪上挂着的松鸡。鲁德彪故意将枪口往上抬一抬，狗连扑了几个空，围着他的腿摇尾打转，咬他裤脚。他伸手摸了摸黑子的额头，将松鸡扔进厨房的柴垛，喊了声黎黎，没人应。门是虚掩的，他以为黎黎睡着了。推开门，屋里却没人。他连唤了几声，无人回应。他心里闪过一道不祥的念头。

霞光正在溃退，天边一抹血红，悬在山巅。他的声音不由得颤抖起来。

"黎黎！"

……

他在林场附近细细找了一圈，没看到人影。黎黎很懂事、乖巧，从没一个人跑远过。鲁德彪夹烟的手如千斤之重，怎么也递不到嘴边。

天彻底暗了下来。松涛阵阵。有猫头鹰立在山毛榉上叫。

那天碰巧，白马林场只剩他们父女俩。护林员小李正恋爱，一天前请假进了城，尚未回来；陈兵休探亲假，也下山了。

桌上的连环画翻在"黛玉葬花"这一页。旁边有半瓶没喝完的牛奶。通常她都会一次喝完。鲁德彪越想越焦躁，心里有不祥的预感。黑子饿了，摇着尾巴来讨食，被他一脚踢开，"黎黎呢？你怎么看的？！"

黑子呜咽着，低垂着尾巴，声音夹杂着委屈。小主人不见了，它趴在台阶上，将目光伸向暗淡的夜空。

鲁德彪拿着手电筒，连夜去了鸭柯围。他抱着一丝侥幸，也许黎黎跟鸭柯围的放牛娃回家了。鸭柯围几乎每家每户都养牛。春末，耕完田的牛亟须休养。他们就将牛牵往林场，做上标记，放几个月野牛。到深秋，牛已膘肥体壮，再去深林，将各自的牛寻回来。鲁德彪找到那天牵牛上山的放牛娃。是个八九岁的男娃，黑瘦的小个儿，露出一口龅牙，穿着大了几码的衣服，凉夜里仍然赤着脚，像道影子。鲁德彪认得这个放牛娃，他母亲去年和人吵架喝了农药，当时闹了很大动静。放牛娃有点瘸，右脚比左腿要短，走起路来肩膀一摇一摆的。鲁德彪记得去年时，放牛娃的腿还没瘸。

看鲁德彪注意他的光脚，放牛娃显得不自在起来。

放牛娃的父亲看上去是个老实巴交的山里人。坐在门槛上，敲了敲旱烟管，脸上露出奉承的神色。"您尽管问，他要撒半句谎，我打断他的狗腿。"

"晌午我路过林场，看见黎黎正在门口逗狗玩。

"我渴死了，想去讨口水喝，大黑狗凶得很，我不敢靠前，于是赶着牛继续上山了。我晓得山那边有口泉，不过得走二三里地。

"我将牛赶进山里，喝饱了水，这时听见两声枪响。后来我就下山了，路过林场，但没看见黎黎。她大概在屋里没出来。大黑狗一直在叫。我最怕狗了。小时候被狗咬过。"

放牛娃卷起裤脚，露出被狗咬过的牙印。

"你还碰见过什么生人吗？"

"没有啊。啥也没看见了。"

一九九四年的夜里，几十个人拿着手电、火把，开始上山搜寻黎黎。呼唤声此起彼伏，响彻密林。闪烁的灯火如无数只眼，窥视着未知的深处。

找了一宿，都没看到黎黎。

"这么大动静，她不可能不知道。"

"莫非被什么野兽叼走了？"

"野兽不大可能，有大黑狗看护的，它看家可有一套了。"

"会不会进了那些山洞里？"

"所有的洞都给封死了，孙悟空都钻不进去。"

"那就可能被外人拐走了。听说前些日子有个外地来的妇人用糖拐骗了好几个小孩了。"

"怕只有这种可能。"

天边露出鱼肚白，大家都困乏了，燃起一堆篝火，吃烟，七嘴八舌讨论着。

讨论来，讨论去，都觉得被外人拐走的可能性比较大。

鲁德彪木头似的坐着。天快要亮了，山风一阵比一阵大，刮得人透心凉。鲁德彪紧咬着腮帮子，篝火映红了他的脸，他没了主意。

"这么偏僻的地方，外人怎么晓得？"

大家又开始了新一轮的讨论。

"怎么没有，去年我就看见几个外地人，说是特意来白马峰看日出的，大老远来看日出，真是吃饱了撑的。"

大家说着，鲁德彪心里突然想到了一个人。

乡村摄影师

摄影师阿忆来白马林场就是个错误。他原以为能在白马峰顶拍几张满意的日出照。结果在这儿蹲守了一个礼拜，啥也没有拍到。五月份，正值这儿的雨季。那几天，几乎每天都有一阵雨等着他。白马峰是附近海拔最高的一座峰，晴朗的天气里，能眺望到二三百里远的市区。当地人告诉他，看日出最好的季节是秋天。他心里笑笑，想几个月后人还不知道在哪儿呢。

阿忆脖子上经常挂着一台老式的海鸥牌相机。他留长发，戴一副用胶布包扎过的茶色眼镜，经常以诗人自诩。知道他底细的人，给他取过一个绰号，前面加了个定语，叫波西米亚人。

他没写过几首像样的诗，倒生活得像个诗人，整天四处晃悠，居无定所，二十多岁，没成家也没立业，就靠着给人拍照维持生计。城里人眼光狠，见识广，早就不用海鸥牌相机了。在城里找不到活路，他只好往穷乡僻壤钻。他知道那些偏僻的村落，很多人一辈子都没拍过相片。进村有肉吃有酒喝，把他当明星一样捧着，觉得这个外地人新鲜，做什么都和他们不一样，还会拍照。

乡里人拍照和城里人不一样。拍照前，男人都要刮刮胡子，女人要梳洗打扮一番。拍照便有了仪式感。跟过节似的。面对镜头，这些乡下人无一不流露出忸怩羞涩的神色，咔嚓咔嚓，几天后，照片洗出来，人们又哄了一声围过来，啧啧称奇，十几个脑袋碰在一起，将照片上的人轮番评论一通，谁最上相，谁闭了眼，谁笑起来露出了龅牙……每张照片能赚几毛钱，越是偏僻的地方，人们把抽烟吃盐的钱省出来也要照张相，觉得这一生没白活。

摄影师阿忆那几年，靠着这一招鲜，走遍许多村寨，游历了祖国的大好河山。某天夜里，他躺在一个农民的阁楼上，用铅笔在本子上写道：

借我怦然的心动

去杀死时间

借我屋檐的雨水

浇灌干涸的魂灵

写完这几句，他亢奋了许久。夜风裹挟着金银花和猪粪的气息，让他想起了很多往事，想起路边的野餐，想起城里的父母，想起姐姐，想起爱情，想起和他睡过觉的女人们。

想到女人，他又亢奋起来，弄出窸窣的响声。隔着楼板，一楼的男人打着猪一般粗重的呼噜。夜虫声和蛙声连成一片。摄影师终于睡着了。

一九九四年的五月，他在鸭柯围给人拍照片。他拍完了一个柯达胶卷。这儿的村民要比他见过的都朴实。他像个指挥官，站在一群衣衫褴褛的残兵败将面前发号施令。"站直""笑一笑""别眨眼""一二三""咔嚓"。

都是些没出过远门的山民，对他和脖子上的相机充满好奇，纷纷凑过来，要研究研究。

他护住镜头，说冲洗好照片再看。

他听说上面还有个林场，住着几个林场职工，说不定他们也要拍照。

"他们都是吃国家粮的，按月领工资，旱涝不愁。"村民说道。

他上去的时候，护林员正在光着膀子劈柴。院子里堆着些锯断的枞木。护林员的斧头划出一道弧形，啪的一声响，木头应声分成两半。地上堆满了劈柴，散发着枞木的清香。护林员往手心吐了口唾沫，回头看他一眼，一身结实的腱子肉，黝黑的脸膛。

"请问这里有人照相吗？"

护林员的目光落在他的相机上。他将斧头往木桩上轻轻一搭，朝屋里喊一声，黎黎。

很快出来一个五六岁的小女孩，粉红色的小裙子，扎着蝴蝶结，干干净净的，比城里的小女孩还可爱漂亮。

"黎黎，让这个叔叔给你拍张照片好吗？"

小女孩不作声，好奇地打量着阿忆脖子上的机器。

摄影师有些吃惊，这么粗犷的人，竟生了个小天使。小女孩实在太美了，镜头感也非常棒，很配合，甜甜地笑着，脸蛋浮现两个浅浅的小酒窝。

不给钱，他都愿意给她拍。

"叔叔，你会把我拍得好看吗？"

"当然，把你拍得像小精灵。"

"什么是小精灵呀？"

"就是小天使。"

"你把我拍成小白兔就好了。"

他愣了下，笑了。

他给小女孩在台阶上拍了两张。想换个背景，四周看一眼，见不远处的小山坡上的金银花开得正盛，金灿灿的，香气怡人。就把小女孩领到金银花旁边。

护林员一直在劈柴，木屑飞溅，斧头在空谷发出一声声沉重的喘息。摄影师感到眼前这个粗黑的壮汉，身上有他忌惮的东西。护林员也没说拍多少张，也没问价钱，只说你拍就是。

小女孩站在金银花下，笑靥如花。他从取景器里看着小女孩，有些发痴。他情不自禁向前，伸手捏了捏小女孩的小脸蛋。"你叫什么名字呀？"

"黎黎。"

"今年几岁呀？"

"我今年六岁了。"

她扑闪着乌亮的大眼睛仰望着他。他忍不住亲了亲她的小酒窝。"真可爱！"他赞叹道。

拍完照，摄影师看护林员还在劈柴。他将劈开的木块靠墙垒在台阶上，层层架空，四方四正的。护林员阴郁着脸，似乎压抑着满腔的怒火。

几天后，照片冲洗出来，护林员粗粗看了一眼，没说好，也没说不好，只问要多少钱。黎黎很欢喜，拿着照片笑开了眼。摄影师也很满意，拍过这么多照片，他觉得这组照片能算他的代表作了。他有个请求，说能不能把底片留给他作纪念。护林员望了他一眼，你要底片干吗？一股强大的雄性气息袭来，摄影师很快改口说，算了算了，你们留着吧，有底片以后冲洗也方便。

护林员没说话。

离开林场，摄影师依旧想着小女孩。她是坠入凡间的小天使。他从没见过如此可爱的小女孩。

四天后的清晨，护林员从距离林场四十余公里外的一个村庄找到了摄影师。摄影师当时还在睡梦中，胸口重重挨了一拳，从疼痛中惊醒。一双强劲有力的手将他从床上拎了起来。

"我的孩子呢？！"

阿忆揉了揉惺忪的睡眼，一看是护林员。

"你把我女儿拐哪儿去了？！"

护林员怒目圆睁，抓着他的胸襟喝问道。

"……什么情况？"摄影师抖索着，"我不明白你什么意思？"

"我女儿不见了！"护林员气冲冲地说道，"你把她藏在哪儿了？"

摄影师摇了摇头，像是才反应过来："一个大活人，我能藏哪儿？我要是拐你女儿，还待这儿干吗？"

小屋子被挤得密不透风，人头攒动。

"真的不是我，我不可能干这些事。"

护林员的目光冷峻，刀一样刻在他脸上，让摄影师浑身不自在。护林员像是想起什么，指着墙上的相机包说："让我看看那个。"

摄影师一听就急了，说不能看，看了就曝光了，底片就废了。

护林员没听见似的，一把将墙上的相机包摘下来。相机包里有一大堆照片。护林员将照片倒在桌上，一张张地翻着。摄影师面如死灰地坐着。护林员终于从这一大堆照片中发现了自己想要的。

"这是什么？"

他抓着黎黎的照片，怒不可遏地问道。

照片上的黎黎站在林间的空地，穿着粉红小裙，小漆皮鞋，雨后的阳光穿透林间的叶缝，沐浴在她的身上，像个森林里的小精灵。

护林员蓦然想起金银花下的一幕，天晓得这个杂碎趁他不在时对女儿做了什么，他掐着摄影师的脖子吼叫着："你把她怎么了？！"

摄影师从没见过这种场面,吓得语无伦次:

"我发誓,我什么也没做。我只想留张作纪念,她长得太可爱了……我什么也没做……别打我,求你了……"

公务员夫妇

二〇〇八年十一月二十日,苏俊雷、力红夫妇度过了一个惊魂之夜。夜里十一点左右,睡梦中的他们被一声巨响惊醒。听见声音,苏俊雷窸窣地爬起来,披上衣服,妻子力红紧跟其后。夫妇俩站在客厅,四目相顾,被眼前的景象吓坏了。阳台的封闭玻璃被什么东西击穿了,钢化玻璃碎了一地。他们不敢相信眼前的景象,吓得浑身抖索,一动不敢动。

每年潮湿阴冷的秋冬季节,苏俊雷的风湿关节炎都要犯上一次。这和他青年时代过多的风餐露宿有关。这一年的秋雨比往年更绵密,天色阴沉,五点钟不到,就看不到什么光亮了。透过阳台的弧形玻璃,垂柳消失了,湖面消失了,远方也消失了,世界只剩一片灰蒙和混沌。这样的鬼天气,再好的相机也白搭。苏俊雷心里诅咒着。

这年的国庆,他咬了咬牙,终于将心仪已久的佳能 5D2 拿下,等着秋高气爽的好天气里,拍些满意的照片。这台相机花掉了他小半年工资。为了说服妻子,他发誓这几年不再在相机上烧钱了。

妻子力红是一位中学班主任老师。对于丈夫的爱好,她既不支持也不反对，默许了。这么多年来，苏俊雷就这点兴趣。他不抽烟，也不爱喝酒，更不打麻将。力红找不到反对的理由。只是这次升级设备的钱，有点超乎她的承受能力。光机身就两万多，再加上昂贵的镜头。她不懂摄影，不明白一只小小的镜头，怎么就动辄几千上万的。苏俊雷的爱好只有付出，没有回报。他喜欢主动给人拍照，属于不请自来。

"苏老师技术真好。"

"苏老师拍得真好看。"

诸如此类，几句感激的话就算是回报了。没人想过苏俊雷背后花的时间、耗的精力，以及购买设备烧的钱。关键是，苏俊雷还很受用。他喜欢被赞美。似乎给人拍照是他的职责。

以前两人没少为此吵架。吵了许多年，吵到都快退休了，年龄也上来了，终于吵不动了。

苏俊雷每天都眼巴巴盼着好天气的降临。如此糟糕的天气里，再好的相机再精湛的技术，也弥补不了坏天气带来的影响。天色阴沉，灰蒙蒙的，无精打采着。苏俊雷站在阳台，望着天边，已经记不得上次的好天气是什么时候了。那天夜里，他梦见了湛蓝如洗的天空。像回到了青年时代，他饱受风湿折磨的关节又恢复了活力。他梦见自己背着相机，走在一个风和日丽的天气里，心情舒爽地摁着快门。咔嚓咔嚓。就在他尽情陶醉其中时，突然听见啪的一声巨响。什么东西被击穿了。苏俊雷和力红几乎同时惊醒。力红先摁亮台灯。他下意识看了眼闹钟，刚好夜里十一点。

"你听见响声了吗？"力红问。

"听见了。"苏俊雷说道。

警察终于来了。那时气温迫近零度。外面下着雨。阳台没了玻璃，风雨畅通无阻，直往室内灌。苏俊雷和力红穿着羽绒服，依然冻得发抖。也不知道是冷，还是害怕。敲门的是一老一少两个警察。年轻警察戴着眼镜，一进门，镜片就起了白雾。老警察有经验，看了下现场，让年轻警察看护好现场，打电话联系指挥中心。一会儿，更多的警察拥了进来。给夫妇俩分别做了询问笔录，现场拍照，忙到凌晨一点多。

"是什么情况？"

"初步判断，可能是枪打的。具体还要进行技术分析。"

夫妇俩听了，脸都白了。

"你们有仇家吗？"

夫妇俩对视一眼，茫然地摇了摇头。

"你们再仔细想想。"

那天晚上，夫妻俩没敢在家过夜。警察建议他们住在附近的宾馆，提醒他们，想到什么线索随时联系。夫妇俩活了一把年纪，还是头回碰到这种状况。"枪击""寻仇"，这些可怕的字眼沉甸甸地压在心上。天渐渐亮了，他们一夜未合眼，想了一宿，也没想出和谁结有杀身之仇。

力红在师大附中任教已经二十余年了。她教语文，兼班主任，这些年一直都是"先进个人""优秀班主任"。她性格温和，讲原则，教学认真负责，深得同事和学生的尊敬。她翻来覆去想到天亮，把曾经和她有过节和潜在的仇人在心中细细地想了一道。

她想起一星期前，在班上惩罚过的一位性格早熟喜欢破坏课堂纪律的男生。男生叫曾齐，高出她一个头，上唇长着一抹浓密的茸毛，正处于青春叛逆期，喜欢斜睨着看人，一副自命不凡的样子。她曾单独和他谈过两回话，效果却并不明显。后来她才晓得曾齐是离异家庭，从小父母就离了婚，母亲带大，平时比较宠溺他，养成了心高气傲的毛病，现在想管又管不住，心有余而力不足。

他暗恋了班上一位成绩好的漂亮女生，给她疯狂地写情书。有天在课堂上，情书刚递过去，就被力红发觉了。情书写得很老成、悲凉，不像出自他这个年龄的手笔。也许是在《读者》《青年文摘》等杂志上抄来的名家语录。为了杜绝班上早恋的风气，她决定杀鸡儆猴，罚他在讲台旁站了一节课。

课上到一半，曾齐突然从讲台上走下来，众目睽睽之下，朝力红叫板："凭什么你让我站就站？你算什么？！"说完朝教室门外走。力红快步追去，曾齐早已经消失。

力红又惊又气，从没哪个学生如此放肆过。

她给他父母分别打了电话，将当时的情况复述了一遍。

曾齐是第二天回来的，他母亲亲自领着他来办公室向她赔礼道歉。曾齐始终低着头，他母亲一个劲地向她赔不是："孩子不好管，给您添麻烦了！"

力红无意间发现了曾齐脸颊上的巴掌印。他有意地遮掩着，不让她看到。力红心里突然软了下来,仿佛那个巴掌落在了自己脸上,火辣辣的。她说孩子还小,正处于叛逆期,知错能改就好。

曾齐后来在课堂上公开承认了错误。检讨书念得很低沉,很压抑,保证不再和那个女生往来。他一改往常的大嗓门,没做鬼脸,也没笑,很严肃。

放学后,曾齐拖到最后才走。从她身边走过时,他眼中流露出一丝怨恨,朝她冷笑着说:"老师,你满意了吗?"

力红被这句话呛得颇有些尴尬。

会是曾齐吗?力红想。自那以后,曾齐在班上就变得不爱说话了。连他平时最喜欢的体育课,他也表现出一副慵懒的样子,坐在台阶上,宁愿看着同学打篮球。力红曾想过找曾齐谈谈心,但一忙,就把这事搁置脑后,忘了个干净。

即便曾齐的自尊心受到了伤害,也不至于对她开枪呀。再说,还是个孩子,他去哪儿弄枪?力红想着。

不是他,那又会是谁?她将这些年的人与事细细地回忆了一遍,也没想起什么要紧的。如果排除了自己,那就是和苏俊雷有关。他难道向她隐瞒了什么?

苏俊雷是名普通的公务员。他在税务局的岗位上干了将近二十年,工作上从没出过什么差错。如果不出意外,他仍将在这个岗位上继续干下去,直到退休。他连以后退休的规划都做好了。

他想骑摩托车去青海、西藏旅行,露营,拍照片。

力红劝他打消这个念头:"都一把年纪了,还骑摩托车自驾,你还真把自己当'垮掉的一代'了?"

苏俊雷就笑。他有一颗浪子的心。骑摩托车去西藏一直是他年轻时代的梦想。后来成家立业,女儿的出生,让他没法脱身。如今女儿也考上大学了,生活也逐渐变得轻松和自由,年轻时未曾实现的梦想又被重新点燃。

晚饭时,力红突然问道,你是不是有什么事瞒着我?

苏俊雷愣了一下,说有什么事好瞒你的?

力红叹口气说,警察都说了,这是枪击。那么多户人家,怎么偏偏就向我们的阳台开了枪?

苏俊雷说,也许没什么缘故,我们又没得罪过什么人,也没和人有过什么利害冲突。

警察那边的消息说,子弹是从小区的湖边射过来的。用的是猎枪子弹。调了附近的监控,位置都不理想,何况那天晚上下雨,黑漆漆的雨夜,几乎看不清有价值的东西。警察在附近搜寻了一番,没找到证人,也没发现弹壳。线索全中断了,调查暂停下来。问警察,依然是那番话,让他们仔细回忆一下,是不是得罪了什么人。

"没有,我们把能想到的,全想了。绝对不存在仇家。"苏俊雷握紧力红的手,对警察说道。

"如果能排除这些原因,那也许是打猎的走火误击造成的。"警察说。

"那么晚了,下着雨,还有人出来打猎吗?"力红表示了质疑。

"这个就不好说了。有些枪械爱好者,专门挑这种糟糕的天气出来作掩护。我们不是没遇到过。"

警察的解释虽然没有解答他们的疑惑，好歹使夫妇俩忐忑不安的心平复了些。

枪击发生一个礼拜以来，力红吃不下饭也睡不着觉，人瘦了一圈。她总有种不好的预感，那就是丈夫苏俊雷向她隐瞒了什么秘密。

她家在五楼，离湖仅两百余米。当时买房子，就是看中临湖的位置。他们在阳台上摆了摇椅和茶具，置了盆架，养了许多盆栽。晴朗的周末，她喜欢和丈夫坐在阳台，喝茶，聊天，窗外是被风吹皱的湖面，残阳瑟瑟，黄昏一点点地迫近。那是她最喜欢的放松方式。

星期六上午，苏俊雷请来师傅，重新换上新的玻璃。现场已经看不到破坏的痕迹。一切又恢复了正常，像什么也没发生过。一抹久违的夕阳懒洋洋地挥洒在阳台的角落里。换了往常，她早坐在阳台的摇椅上了。现在，她不敢再在阳台待。那儿成了家中的禁区。

苏俊雷安慰她："警察不都说了吗，这是走火，不是针对咱家的，你放一百二十个心吧！"

力红也想看作是一个小概率事件。

这幢楼一共三十二层，每层都有三户临湖的人家，这九十六户里面，偏就她家挨了枪？她越想说服自己，越觉得里面大有文章。

睡觉的时候，她凝视着苏俊雷："你发誓，真没事瞒着我？"

苏俊雷有些生气起来，说你怎么就不相信我？我一没杀人，二没放火，哪里来的仇家。再说要寻仇，直接上家里来啊，打玻璃算是什么意思?

"人家也许只是先做个警告。"

苏俊雷叹口气说:"你想这么多,到底累不累?万一有什么事,还有警察管着呢,睡觉吧!人不做亏心事,不怕鬼敲门!"

力红拉过被子,侧着身,灭了台灯。她做了一个梦,梦见家里的门突然开了。一个黑衣人握着枪闯了进来。她还没来得及起身,冰冷的枪口已抵上了脑门。

她吓得一声尖叫,从床上弹了起来。苏俊雷也被她吓了一跳,说怎么啦?一惊一乍的。力红惊魂未定,说刚做了个噩梦,梦见有人进来了。苏俊雷摁亮台灯,将妻子搂在怀里,安慰说,梦都是反的,你看门关得好好的,没人进得来。力红忍不住在丈夫怀里啜泣起来。

放牛娃

他没上过一天学。上过学的人都有正经的名字。他的名字叫徐希望。但没人这么叫过他。他们都叫他放牛娃。一九九四年五月十五日,放牛娃回到家时,父亲干活还没回来。他从灶膛扒出一只煨熟的红薯,边吃边等着父亲。黑夜一点点降临了,生出凉意,他依然光着脚。父亲回来肯定会问起鞋子的事。他还没想好怎么应付。他盼望着天彻底黑下来。天黑了,父亲就不会注意到他的脚了。那双"解放鞋"还是去年赶集时母亲给他买的。那是母亲最后一次给他买东西。想到母亲，放牛娃心里就一阵难过。

他将那只幸存的鞋子藏在楼板底下。只要瞒过这一夜，第二天再把另一只找回来，就什么事也不会有。父亲要晓得他把鞋子弄丢了，肯定是一顿暴打。父亲手重，打起人来没个轻重，一巴掌下来，他像风暴中的树苗，摇晃一阵才立得稳。再说，丢一只鞋和丢一双，意义一样。

他不晓得是什么时候跑丢的。看到有人来后，他一直跑啊跑啊，后来才意识到跑丢了一只鞋。但他已经顾不上那么多了。

天边最后一丝光亮也给老天爷没收掉了。鸭柯围的山峦遁入黑暗，很快连轮廓也看不清了。他祈祷明天就能找回丢失的鞋子。要是找不到，父亲不把他暴揍一顿才怪。他知道父亲没几个钱。他要有钱，鸭柯围的人就不会瞧不起他们一家。母亲也不会为了五毛钱跟人吵架，赌气之下喝下甲胺磷。

鸭柯围的人都羡慕上面那些林场的护林员。他们个个都是吃国家粮的。他不懂什么叫国家粮，只觉得他们的穿衣打扮和谈吐，都和鸭柯围的人不大一样。鸭柯围的人抽的是自己种的旱烟，林场的人都抽带过滤嘴的。鸭柯围的都穿中山装，林场的人穿皮夹克。他们还有枪，能打到野物，不仅有口福，皮子还能卖钱。

"天塌下来，也有国家养着，不用望天吃饭，真是有福气啊。"

不光鸭柯围的大人艳羡他们，放牛娃也一样。尤其是看见穿着漆皮小红鞋的黎黎。他从没穿过皮鞋，连摸都没摸过。穿着漆皮小红鞋的黎黎走起路都不一样。既漂亮又自信，干干净净的，人见人爱。

相比之下的自己,就像一坨牛粪。每次见到黎黎,他就自惭形秽。

他大黎黎三岁。她叫他"放牛哥"。每次见到他,他都赶着一群牛。牛身上有什么味,他身上就是什么味。牛虽然皮糙肉厚,也怕牛蝇叮咬,那是一种粗壮多毛形似蜜蜂的吸血鬼,牛到哪儿就跟到哪儿,像泥巴一样紧紧贴着牛。心情好的时候,他就帮牛驱赶牛蝇。啪的一鞭子下去,打得牛两腿打颤,发出一声长哞。牛蝇还没来得及做出反应,已被拍成肉酱。牛通人性,挨了鞭子,却晓得是在帮它,扭头望他一眼,表示感激。

更多的时候,他躺在荫翳里,嘴里叼着一根狗尾巴草,透过叶缝,无所事事地望着天空。微风律动,天空蔚蓝,上面了无一物。到了溟蒙的傍晚,他翻身起来,赶着吃饱的牛回家。

黎黎有许多玩具,都是他见所未见闻所未闻的。她兴致勃勃,炫耀似的向他展示了一通。能跳舞的洋娃娃、会翻跟斗的孙悟空、能自动转弯的电动汽车……他心里充溢着将其占有的强烈欲望。

放牛娃的目光像被眼前的玩具牢牢粘住了。黎黎好奇地问道:"你家难道没有吗?"

放牛娃羞赧地摇了摇头。

"那为什么不让你爸爸买啊?"黎黎诧异地问。

放牛娃简直有些羞恼了。

那天他将牛赶在一棵槲荫亩许的古树下,去找黎黎玩。

家里只有她一人。他让黎黎把大黑狗关进厨房,才敢靠近。她穿着漂亮的粉色裙子,白长袜,套着凉鞋。

"你爸爸呢？"他谨慎地问道。

"他打猎去啦！"黎黎说。

"家里只有你一个人吗？"

黎黎点了点头。

"你陪我玩游戏吧！"

这次黎黎对她的那堆玩具没了兴趣。放牛娃眼巴巴地瞅着桌上的玩具，她却瞧都懒得瞧一眼。她让他扮孙悟空，翻跟斗，回头望月。他的表演逗得黎黎咯咯地笑个不停。她很快玩腻了，命令他换一种玩法，提出用扑克牌比大小。两人各抓一半的牌，谁输了就罚喝生水。为了让她开心，他变着法子输牌。输了就得喝水，他喝光了缸里的水，不停打着饱嗝，直到胃里涌升出股股寒意。黎黎银铃般的笑声飘起："哈哈，肚子鼓起来就更像猪八戒啦！"他于是学着猪的样子，腆着肚子，甩了甩耳朵，仿佛真成了二师兄。

她说要尿尿。刚说完，就扯起裙边，蹲在地上尿起来。他惊讶地望着从下面喷射出来的水花，和自己尿尿的方式截然不同。他也感觉到了尿意的降临，掏出小鸡鸡，两人就这样相互看着对方，直到两股水流汇聚在一块儿。

黎黎起身，又恢复了原样。放牛娃却还愣着，目光发直，脑海想着刚才的一幕。黎黎说我们继续玩游戏吧。放牛娃却对这些玩具失了兴趣。一种更为强烈的好奇吸引着他。他迫切地希望能再看一眼，仔细地研究一番。

这时远处传来了一声枪声。

"我爸爸又打到什么了。"黎黎说。

他连打了两个饱嗝,刚才为了讨黎黎的欢心,他喝了太多的生水,肚子胀得跟皮球似的。难受的身体给他增添了一丝屈辱。他毕竟是为了讨好她才喝下这么多水的。她还以为自己技术高明,每盘都赢得那么轻松痛快。他终于说,我们换个地儿玩吧!去哪儿呢?他想了想,说去洞那边吧。黎黎犹豫起来,我爸爸回来找不着我会生气的。放牛娃说,不会玩太久,到时我送你回来。

大黑狗不停地在厨房里吠叫。黎黎说,我们带着黑子一块儿去吧。放牛娃摇了摇头说,它那么凶,留它看家吧。黎黎说好,就让它看家。这时大黑狗叫得更激烈了,用前爪不停地抓挠着木门。

放牛娃在前,黎黎紧跟其后,朝军事禁区走去。

军事禁区

军事禁区有一行醒目的标语:附近严禁拍照。

四周空无一人,从山谷吹来的风将掩体上的荒草吹得一阵摇摆。阳光穿透密林,投射在林间的空地上。

黎黎失踪的第二天,鲁德彪在军事禁区附近找到了女儿戴的蝴蝶结。蝴蝶结落在盛开着小花瓣的金樱子刺丛中,不仔细看,差点被花瓣遮掩。他一眼就认出那是女儿的。刺丛还挂着一丝粉色的布条,也像她裙子上的。护林员望着手心的蝴蝶结,各种糟糕的想法从脑海闪过。他将脸紧贴松树,听见远处传来的松涛声,一浪盖过一浪。天空短暂放晴,继而又阴暗下来,太阳钻进了厚厚的云层。他狠狠地拍打着树干,撕心裂肺地吼了一声,林间的蝉鸣霎时全寂静了。周遭陷入一片可怕的空荡之中。

护林员是在去鸭柯围的路上看见放牛娃的。这回他没赶牛,光着脚,手里抓着一只旧胶鞋,猫着腰,在杂草和灌木丛中翻弄着,看样子是在找什么东西。护林员走到跟前时,放牛娃才发现他。放牛娃眼中闪过一丝慌乱。护林员警觉起来,说你在找什么?

"……没找什么。"

"我明明看见你在找什么。"

放牛娃明显有些紧张,结结巴巴地说:"我找……找鞋。"

"鞋子怎么丢的?"

"我不晓得……"

护林员抓住他的瘦胳膊,放牛娃痛得大声呻吟起来。

"你要撒半句谎,我就卸掉你的胳膊!给我老实交代,你昨晚就没穿鞋,今天怎么上这儿找鞋来了?"

"昨天……我跑的时候……把鞋跑丢了……哎哟……"

"为什么要跑?"

"有鬼……我看到鬼了……"

"你再撒谎!"

护林员拧得更紧了,痛得放牛娃脸上豆大的汗珠滚将下来。

"快说!"

"……昨天……我和黎黎过来玩,突然就遇到鬼了……"

"什么鬼?"

"没看见。只听见有声音。"

"什么声音。"

"很怪很怪的声音,不像是人……"

"看清了吗?"

"没看到,吓得我撒腿就跑了……"

护林员将放牛娃重重地往地上一顿,放牛娃打了一个趔趄,跌倒在地。他带着哭腔,被护林员的样子吓到了。护林员双眼血红,紧紧地捏着拳头,吐着粗气,看起来要把他骨头敲碎不可。

"我要找鞋子……找不到鞋子,我爸要打死我的……"放牛娃啜嚅着说道。

"我找你妈的鞋子!"护林员怒火中烧,一脚将放牛娃踢了个跟斗。

护林员生气的原因是放牛娃昨天向他撒了谎。要不是他,黎黎一个人是绝对不会去那种地方的。他想象放牛娃跑了后,黎黎孤身一人在密林中发出绝望的哭泣的样子。要不是放牛娃,黎黎就不会遭遇不测。护林员越想越生气。

听完鲁德彪的叙述,放牛娃的父亲一言不发。他将旱烟管插在腰间,朝放牛娃招了招手,让他过来。放牛娃光着脚站在台阶上,两只脚板一上一下地搓擦着。看他父亲朝他招手,放牛娃就知道大事不妙。他撒腿就跑,两只肩膀剧烈地摇晃着,还没跑出晒谷坪,被他父亲从身后一把搂住,扔翻在地。放牛娃还没来得及发出哭叫,身上就重重地挨了几脚。

"小兔崽子,今天就是你的死期!"

每挨一脚,放牛娃就嗷嗷叫一声,像小狗似的蜷曲成一团。他爹一点也没袒护,下手比护林员要重多了。

护林员向前拉了一把,蹲下来望着放牛娃说:"我问你,你不要骗我,你要敢说一句假话,我就要你死。"

放牛娃惊恐地点了点头。他的嘴角破了,溢出血丝。

护林员说:"你对黎黎做了什么?"

"没有。"

"真的没有吗?"

放牛娃全身筛子般抖动着。显然刚才这顿疾风骤雨般的暴揍,把他给吓傻了。

"我们蹲着比赛谁尿得远……"放牛娃声音很微弱,从喉咙费力地挤出这句话来。

"还有吗?"

"没了。"

护林员沉默着。还没等他从痛苦中抽身出来,放牛娃的父亲一个箭步冲过来:"谁教你的?啊?!谁教的!你这个孽种!"

"让他接着说!"护林员吼道。所有人都给镇住了。

"这时我听见林场那边传来第二声枪响。

"……枪声刚落,就有个东西从灌木丛突然冒了出来。"

"什么东西?"

"是鬼……鬼……一团白色的东西,两只血红的眼……"

鬼

一九九四年之后,阿忆再没给人拍过照。有很长一段时间,没人晓得他会摄影。只要一想起摄影,他的眼前就会浮现护林员那双愤怒的眼神。时间并没抹掉他过去的记忆。护林员的声音一直在他耳边回响。

"我女儿呢?"

他哑然失语。很多年之后,他依然不知道如何回答这个愤怒的父亲。他也扪心自问过,这一切和他有关吗?

废弃的军事禁区,是他在附近拍照时打听来的。他知道就在林场附近,但这事没法请人领路,只能自己摸索。他找了几天,才找对地方。如果不是当地人,谁都不会晓得深山丛林竟隐藏着一个军事基地。

面对这些废弃的防空洞和兵营,摄影师极力压抑着内心的兴奋。规模比他想象的要大得多。到处都是可拍的东西。四周静悄悄的,一个人也没有。他大胆地拿起相机,拍了起来。

之所以对这些东西感兴趣,说起来是因为一个人。一年前,他偶然认识了一个朋友,那人也喜欢摄影,两人是洗照片时认识的。

那人说是做生意的，有些特殊的收藏癖。他看了他的一些照片，挑了几张，当场就掏钱买下。价格惊人，一张底片卖了一百块。那人知道他经常在乡村拍照，有意暗示摄影师去拍些打擦边球的涉密照片。那人出的价格，让摄影师没法拒绝。

"不需要刻意去拍，也不要刻意去打听，碰到了就拍下来。千万不要让人知道你是故意的。"

那人简单叮嘱了几条，留了个地址。他有些紧张，后来拍了张兵工厂的照片，没想到那人爽快地收下了。当场就兑了现钱。渐渐地，摄影师摸索出了经验，胆子也大了起来，万一被人盘问，晓得什么该说什么不该说，什么打死也不能说。两人合作了好几回，从没出过差错。时间长了，摄影师拍这方面的照片得心应手起来，这个比他给人拍照的收入可观得多。以至于养成了习惯，每去一个新地，眼睛就变得格外敏感。

废弃的军事禁区很大。他想象着当年金戈铁马、军歌嘹亮的盛况，不停地摁着快门。这么理想的拍摄地点他还是头次遇到。想当年，这可属于绝对的机密。不光不能拍，连靠近都难。现在虽然失去了军事意义，但并不妨碍照旧能卖个好价钱。何况他不讲，那人也不知道这儿是什么个情况。他全神贯注地拍着，很快用完一个胶卷。他蹲下来换胶卷，这时一个声音从背后响起：

"你拍这些做什么？"

他太过于投入，以至于没注意到后面来了人。听见声音，摄影师吓得相机差点掉地上。一双疑惑的眼神，正目不转睛地盯着他。

"不许回头!"是个女人的声音,她警告他说。

"我……我拍着玩……"摄影师蹲在地上,拨弄着相机,假装一副轻松的样子。

"拍这个玩?你知道这是哪儿吗?"

"我……不知道……我只是拍着玩……"

女人的声音更凝重起来:

"你是间谍。"

摄影师慌忙摇了摇头,说我不是,你误会了。

女人说:"连这儿的小孩都晓得,不会有人到这里拍照,除非是间谍。当间谍要枪毙的。这儿以前就枪毙过一个。只要抓到间谍,都有奖励。"

摄影师讪笑着说:"怎么会呢……我只是拍着玩……感到好奇……你要这么说,我就不拍了。"摄影师站起来,只觉脑海一片空白。两条腿命令他马上跑,越快越好,刻不容缓。摄影师慌不择路,抓着相机就跑起来,两边的草木纷纷倒退、摇晃,像无数早已埋伏好的人,布下天罗地网,专等他入瓮。摄影师跑得两腿发软,冷汗嗖嗖,顺着脊背往下淌,衣服很快湿透了。他喘着粗气,一刻也不敢停下来,他从没如此恐惧过。

密林的空地出现两个小孩的身影。周边全是灌木、荆条,他顾不上那么多了,朝他们径直跑去。他们惊恐地望着狂奔过来的摄影师,高的小孩反应快,飞快地钻入灌木丛,一溜烟就不见了。摄影师跑到小女孩身前,瞄了一眼,见有些眼熟,正是那个护林员的女儿黎黎。她静静地躺在地上,粉红色的小裙掀了起来,露出了白色的小底裤。他摇了摇她,没了反应。他惊疑地朝周围看一眼,什么也没看见。他本想背着小女孩离开,又担心后面的女人追上来。他迟疑了下,马上接着又跑了。

多年后,他经常忍不住会回忆那一幕。他问自己,他是否该停下来,对那个可爱的小女孩施以援手。假如这样,他的人生会驶入另外一条轨道吗?

一九九四年,摄影师第一次在异乡饱尝了拳头的滋味。

护林员像头发狂的狮子,钵头大的拳头,朝他咆哮着挥了过来。咔嚓一声,摄影师听见下巴错位的响声。虽然挨了一记老拳,摄影师感觉心里反而好受了点。

"大家别误会,我真的什么也不知道,我不可能拐小孩……"

女人

放牛娃当天夜里发起了高烧,浑身滚烫,小脸烧得通红,嘴里说着连串的胡话。

"鬼……女鬼……大白兔……

"是女鬼带走她的……

"大白兔……

"不是我!

"妈妈,你回来了!快带我走吧!"

放牛娃谵语连篇,用脚重重地踢打着床板。

鸭柯围唯一的赤脚郎中被连夜请了过来。郎中伸手摸了摸放牛娃的额头,热得烫手。他摇摇头说,烧得这么厉害,土方子恐怕不得劲,得赶紧送镇上打针了。

放牛娃父亲端了个搪瓷盆过来,里面盛着刚打来的井水,用毛巾蘸了给放牛娃降温。窗外漆黑一团,草丛里蛙声四起,伴随着虫鸣。

鸭柯围离镇上有五十多里,没通公路,正常走路都得一天,何况深夜,走到镇上,天都亮了。

放牛娃父亲望了眼窗外,敲了敲旱烟管说:"等天亮就送他去。"

放牛娃躺在木板床上,说了一宿的谵语。天亮后,高烧突然退了下来,不再大声言语,安静地躺着。

他爹过来摸他的额头,问好点了吗?放牛娃就冲他做鬼脸,嘴角挂着一抹古怪的笑。

"妈妈回来了。"

"别吓唬人了。"

"黎黎也回来了。"

放牛娃拍打着床沿,一副快乐的样子。

高烧退却,放牛娃却成了傻子。脑子被烧坏了。每次见到护林员,放牛娃的眼神便不自觉地流露出一丝惶恐,还没等护林员说话,便下意识地朝他双手乱摆。

"不是我!不是我!是女鬼带走她的!"

放牛娃每次都重复着这句话。

护林员后来去过几次军事禁区。他在女儿失踪的地方徘徊着。想象着女儿当时受惊吓的样子。她的蝴蝶结一定是慌乱中掉落的。那时她会多么渴望父亲来救她啊！可他在干什么呢？护林员陷入深深的自责之中，对撇下女儿去打猎懊悔不已。如果不是自己一时心血来潮，女儿就不会有事。只要女儿没事，他们的生活就会和以往一样。现在女儿失踪了，他活着的意义就是尽快找到她。他发誓不管她在哪儿，是死是活，都要将她带回家。

鲁德彪把放牛娃的话细细地揣摩了一遍。他能想到的女人并不多，尤其是想带走黎黎的女人。

一九九四年夏天，鲁德彪向白马林场请了假，踏上了漫长的寻女之旅。

首先怀疑的对象，是他的前妻李丽敏。除了她，鲁德彪想不出还有谁会带走黎黎。他太懂这个女人了，表面上一副逆来顺受的样子，心里却非常坚忍、执拗。

他相信李丽敏干得出这种事。虽然黎黎被判给了她，但没弄成。他晓得，这个女人绝不会就此罢休。她走后，有一阵子音讯全无，给了他错觉，以为她真的舍弃了过去，在海南开始了崭新的生活。

其实黎黎失踪后，鲁德彪脑海中首先想到的就是李丽敏。尤其是听了放牛娃的话，他更加坚定了自己的猜测。

一九九四年六月，鲁德彪依次搭乘汽车、火车、轮船，到海南已是第三天了。那是他第一次见到大海。傍晚，他坐在沙滩上，闻着海风中夹杂的海腥味，有种恍若隔世的感觉，想天大地大，李丽敏怎么偏偏就跑海南岛来了。时值夏天，烈日炎炎，天热得让人喘不过气来，鲁德彪想，李丽敏宁愿在这样炼狱般的地方待着，也不愿跟他过，心里就有些悲凉。

他走到海边，尝了尝海水的滋味，一股子苦涩，似乎比盐还咸，一会儿舌尖都麻了。海水倒映着碧蓝的天空和修长的椰树，一张眼窝深陷、面色憔悴的脸渐渐浮现眼前。他缓慢蹲下去，像遭了一记重锤，不敢相信水中的影子就是自己。

他先到的海口，然后再搭乘长途汽车，一路打听，终于找到了李丽敏所在的琼海农场。

李丽敏正在园里干活。天气溽热，她穿着长袖衫，戴着橡胶手套，手里拿着香蕉刀，全身裹得严严实实的。几年不见，她瘦黑了一圈，剪了长发，看起来变化很大。李丽敏显然没料到鲁德彪的突然造访。看见鲁德彪，李丽敏的脸唰地就拉了下来，闷声砍着香蕉。鲁德彪说，你还好吗？李丽敏冷冷地说，托你的福，还好，你来做什么？鲁德彪说，黎黎在你这儿吗？李丽敏停止了手上的动作，朝他瞪了一眼说，你胡说什么呢？！鲁德彪愣了愣，把嗓门提高几分，说黎黎是不是被你带到这边来了？李丽敏用力拔下香蕉树上的砍刀，冷笑着说，鲁德彪，我没找你要黎黎，你倒来向我要人来了？

鲁德彪说，不是你是谁？你别装了，我知道是你干的。

李丽敏说，我装什么了？法律本就把黎黎判给了我，是你犟着不肯。现在孩子不见了，你就找我了？鲁德彪，我当时瞎了眼啊，早就该看穿你不是个东西！我现在过得很好，要不是你，我会过得比现在更好。你就是个自私鲁莽的混球，只顾自己，从不顾别人。毁了我，还要去毁黎黎，你就忍心让黎黎整天待在大山里陪你吗？好了，现在连人都不见了！你还好意思找我要？你这个天杀的！你还我黎黎来！

听见香蕉林的吵闹，一个又高又壮的粗黑汉子走了过来，操着山东口音问李丽敏说，吵什么呢？李丽敏正生着气，见男人来了，蹲地上呜呜地哭了起来。男人朝鲁德彪说，你谁啊？咋欺负女人呢？

鲁德彪有些尴尬，猜测眼前这尊罗汉应该是李丽敏的现任丈夫。我找孩子。鲁德彪讷讷地说道。

你找谁要孩子啊？罗汉显得不高兴起来。

我找她。

李丽敏腾地站起来，歇斯底里地喊，黎黎不在这里！她发了疯似的朝鲁德彪扑来，给我滚，我再也不想看见你！鲁德彪连连倒退着，他从没见过这样疯狂的李丽敏，弄得他措手不及，灰头土脸地走出了香蕉林。

他背后响起山东大汉的怒吼声："别让我下次再见到你！"

出去的时候，他不甘心地朝农场的宿舍张望了几眼。宿舍紧靠着椰树林，绿荫遮蔽，小庭院收拾得很整洁，种着些花草。阳台上晾着花花绿绿的衣裳。他一眼就看见了几条小花裙，挂在铁丝上，在微风中飘荡。院子里静悄悄的，没有一点声音。他于是站在白得耀眼的骄阳下，大声呼喊起女儿的名字来。蝉鸣在树林颤抖，发出一阵阵叫声。在翻滚的热浪中，他听见自己越来越快的心跳声。咚咚，咚咚，咚咚咚，鼓点一样响着。黎黎却并没出现。在漫长的等待中，他看到山东人提着香蕉刀，快步朝他走来。

湖边的人

每年的期末考试，都是力红最忙的时候。多年来，她一直保持早睡早起的起居习惯，晚上十点半睡觉，清晨六点起床。她醒来就再也睡不着，即便是周末也不赖床。苏俊雷的单位离得近，他七点钟起床，从容完成洗漱，吃过早餐，也能在九点前轻轻松松赶到单位。

最近力红却有点失眠，随着寒假的临近，有时十二点多仍然没有睡着，五点就醒了。醒来天还没亮，外面还黑漆漆的，她尽量不发出声音，以免惊醒丈夫。苏俊雷似乎也没怎么睡好。有次她失眠，问他睡着了没有，苏俊雷轻轻地哼了声，却没回应。黑暗中，力红直觉他并没睡着。苏俊雷的睡眠一直很好，沾床就能入睡。熟睡的苏俊雷会发出轻微的呼噜。这么多年，她早已习惯在丈夫的呼噜声中入睡了。

力红已经有一段时间没听见丈夫的呼噜声了。他似乎怀着心事。有几次，苏俊雷欲言又止，像有什么重要的事要说。力红察觉到了，期待他说点什么，他望了眼妻子，却将话题岔到一些无关紧要的闲事上。有天深夜，力红被苏俊雷吓醒。他从噩梦中醒来，背心被汗水浸透了，靠着床头，手还在微微颤抖。力红说怎么啦？苏俊雷还沉浸于惊恐之中，一副惊魂未定的样子。力红说："做什么梦了？""刚才梦到一个猎人……拿着枪，闯进我家来了……那人面相好熟，我好像在哪儿见过……却想不起来了。"

这么多年，力红还是第一回看见丈夫如此脆弱无助。他大概被这个噩梦给吓坏了。

枪击事件虽然已经过去了一段时间，警方的调查却迟迟没有结果。力红为此专门去过一趟派出所。接待她的是上次去过她家的那位老警察。见是力红，他微微有些惊讶。"回家等消息吧，我们这边有什么线索会立刻向你们反馈的。"他的眼神似乎暗示之前说的，这只是一起意外，再调查下去，也没太多的意义。一块玻璃值几个钱？又没闹出人命。如今很多人命案都没破呢！派出所一片繁忙景象，年底正在"收网行动"，还有更重要的事情等着他们。力红有些无奈，只好回家继续等着。

星期六，阴沉了好一段时间的天终于放晴了。

趁难得的好天气，家家户户都在晒被子。力红起得早，占了好位置，晒完被子，太阳渐渐升起来。她烘烤了几片面包，煮了咖啡，端在阳台的茶几上。冬天的湖面上金光点点，起了层白纱似的晨雾。周围一片静谧。力红心里有些感叹，自从枪击以来，她已经很久没这么惬意过了。

有人沿着湖在跑步。力红观察，那个戴着鸭舌帽的男人已经绕湖跑了很多圈。她刚起床那会儿，他似乎就已经在跑了。她晒完被子，吃完早餐，他还在继续跑着。力红的目光就渐渐集中在那个跑步的人身上，惊讶他要跑多少圈才肯停歇。

女儿苏洁打电话来，说寒假要和同学去云南旅行，得晚几天才能回家。她一边望着湖边跑步的人，一边在电话里叮嘱女儿注意安全。女儿今年刚满十八岁，正在念大二，和一年前相比，女儿的穿衣打扮和谈吐都变化不少。力红隐隐感觉女儿应该恋爱了。她不说，力红也不打算暗示，她想总有一天，女儿会告诉她恋爱的消息的。

戴鸭舌帽的男人终于停下来，站在湖边，头上冒着白气，朝她所在的位置久久地眺望着，像在观察阳台上的她。力红觉得这身影很熟，又看不清脸，她急忙起身去客厅找来老花镜，那人似乎也发觉她在看他，等她出来时，戴鸭舌帽的人已经悄无踪迹了。

苏俊雷躺到九点多才起来。他脸色有几分憔悴。力红将女儿寒假和同学去云南旅行的消息告诉了苏俊雷，他只嗯了声，没有说什么。这不像平时的苏俊雷。何况这是女儿第一次没和他们一起旅行。她皱了皱眉头，说你觉得苏洁能学会照顾自己了吗？苏俊雷说，都十八岁了，我十八岁的时候，什么地方都敢去了。力红说，你是男人，苏洁是女孩子，和你不一样。苏俊雷说，让她早点学会独立也不是什么坏事，现在的孩子娇生惯养的，今后怎么办？力红心里有些不悦，不再和他争辩。

午饭后，苏俊雷提议去小区走走，顺便拍点照片。最近天气一直不好，苏俊雷的相机压在防潮箱，失去用武之地。那天阳光和煦，风平浪静，一年中难得的好天气，很多人都带着孩子出来散步。他带着相机，一路走，一路拍。走到湖心亭，力红有些疲乏，她说歇会儿，从包里掏出一只馒头，喂湖里的红鲤。小区的湖里养着很多红鲤，周末常有人带着米饭和面包来喂鱼。力红将馒头掰成小碎屑，一点点地撒下去，引来越来越多的红鲤。

"妈妈，好多红鲤鱼！"一个小女孩的声音。

苏俊雷扭头一看，迎面蹦跳着走来一个五六岁大的女孩，穿着红皮鞋，头上扎着蝴蝶结。小女孩俏皮地打量着他的相机，走向前说："伯伯，这是什么呀？"苏俊雷笑着摸了摸她的头说："这是相机。"

"我们家的相机怎么就没这么大呢？"小女孩说。

"因为这是单反相机。"她母亲笑着解释。

女孩哦了一声，若有所思的样子。

苏俊雷的心被什么东西猛烈地捶了一下。他抓起相机，咔嚓咔嚓地给小女孩抓拍了几张。镜头里的小女孩恬静地笑着，露出两个浅浅的酒窝，像个天真无邪的小天使。

从小区散步回来，苏俊雷就像换了个人似的。坐在书房，一言不发地抽着烟，力红叫他吃晚饭，他说胃口不好，不饿，想静静。房间烟雾萦绕，令人窒息。力红推开窗透气，说，你怎么啦，饭也不吃，话也不说，中了邪似的。苏俊雷不语。力红见他脸色有些不好，怔怔地望着电脑，像有心事。照片已经导入电脑，小女孩在屏幕上甜甜地笑着。苏俊雷望着小女孩的照片，像在极力克制着即将崩溃的情绪，有什么东西马上要摧毁他内心的最后一道防线。

苏俊雷终于说话了：

"十几年前，我也拍过一个和她一样漂亮的小女孩。"

"然后呢？"

"后来……小女孩死了。我很后悔……没留她一张底片。"苏俊雷深深地叹息道。

力红后来又见到过那个戴鸭舌帽在湖边跑步的男人。这次她留了心眼，让苏俊雷准备好相机，套上70-300mm的长焦镜头，让他无论如何也要把他拍下来。戴鸭舌帽的男人和上次一样，围着湖一圈圈地跑着。她发现，每跑到那个位置，他就会朝她家的阳台方向瞥一眼。这个下意识的动作，在力红看来，更像是一种挑衅和暗示。

照片在数码相机中渐渐放大，脸部的轮廓逐渐变得清晰，力红发出一声惊呼：

"曾齐！"

她没想到是曾齐。他怎么会在这里跑步呢？她知道他家在离这儿还有两站地的"阳光花园"小区。他不在自家小区附近跑步，偏偏选择更远的这儿来跑？从曾齐眺望的目光来看，他一定知道她就住在这儿。想到这里，力红不禁打了个寒战。

苏俊雷安慰她，说看把你吓得，人家不就在这儿跑个步吗，有什么大惊小怪的？

力红说，就你什么都懂，我问你，为什么他要走两站地来我家附近跑？

苏俊雷说，他不是你学生吗？你问他去！

那时已经放寒假，她心里有疑惑，也只能等到开学了。

年底，苏洁从云南旅行回来，给父母分别都带了当地的土特产和纪念品。一个学期下来，女儿变化很大。那个大大咧咧喜欢剪短发穿匡威的丫头转眼已经变成斯文秀气的长发少女，会体贴和关心父母了。

夫妇俩都很欣慰，觉得女儿长大了不少，很多事不需要再操心，她自己就能做主张了。枪击事件发生时，力红也曾想过电话里告诉女儿。她又有些怕女儿为他们牵挂。苏俊雷也不赞同让女儿知道这事。说连警察都说这是一个意外，女儿知道，反而不好解释，白为他们担心，影响学习。力红想想，就听从了丈夫的建议。

女儿寒假在家，自己发现了端倪。阳台的玻璃和以前的颜色有点不一样，她便问起原因，说好好的钢化玻璃，怎么就坏了呢？苏俊雷打马虎眼说，是被顽皮的小孩用弹弓打的，有了缝隙，只好换了。女儿就没再说什么。

又到了一年中的最后一天。年货是提前就办好的，准备得热热闹闹，这天上午，父女俩贴好春联，在客厅挂上幸福结，家里顿时喜气洋洋，充满了年味。下午，一家人都在厨房包饺子，准备年夜饭。

除夕之夜，一家人围桌而坐，吃着饺子，主持人朱军拉开了《春节联欢晚会》的序幕。一年一度的《春晚》正式开始了。每年这个时候，都是他们一家最温馨的时刻。尽管每年过年的形式大同小异，内容也差不多，但不同的是苏洁一年比一年大，他们则一年比一年老。然而生活不就是这样吗？在除夕的喜庆氛围中，一年年地老去。

九点多的时候,窗外接二连三地响起烟花爆竹声。各种形状的烟花不断跃起,冲入云霄,绽放在绚丽的夜空。节日渐入佳境。每年除夕,他们都会站在阳台上欣赏一会儿烟花。尤其是女儿,仍然像个孩子,望着璀璨的夜空,总是最后一个离开。这年也不例外,吃完饭,一家三口照例站在阳台上欣赏烟花。阳台有些冷,苏俊雷夫妇看了一会儿就返回了客厅。苏洁恋恋不舍,继续站在外面。女儿最喜欢的小品节目开始时,力红喊她进来。几乎在同一刹那,力红再次听见了熟悉的枪声,"砰!"子弹结结实实地打在玻璃上。她慌乱地站起来,冲到阳台上,喉咙里颤抖着一些音节,却吐不出一个字来。

女儿像还没反应过来,呆呆地望着玻璃。钢化玻璃上,嵌着一颗并未击穿的子弹,正对着她的眉心。苏洁终于将涣散的目光聚集在那颗子弹上,她连连倒退着,发出一连串尖叫。她身后的夜空火树银花,各种让人眼花缭乱的焰火齐齐绽放,最后一发,拼成"新年快乐,阖家团圆"八个大字。

一切都烟消云散了。

归来

一九九四年秋天,鲁德彪回到林场,这次他干脆停薪留职,向领导告了长假,做好了寻找黎黎的长期计划。他依然坚信,黎黎还活着,总有一天,他会找到黎黎,并把她安全带回家。

遇见放牛娃的那天,正下着秋雨。气温骤降,穿得上夹衣了。山腰的树叶已渐发黄,地面上落满厚厚一层松针,松软柔和,比踩地毯还舒服。空气中散发着秋天浆果成熟的味道。熟得裂了口的野板栗到处都是。换作往年,他早领黎黎去采摘了。野板栗个头小,丢火塘煨熟,比良种的更香。秋雨过后,蘑菇也长了起来,顶着松针,钻出地面。黎黎最爱吃鸡肉菇,放红椒和瘦肉爆炒,香味迷人。

现在,他对这些都提不起丝毫的兴趣。

那天他上山,刚好碰见放牛娃赶着牛下来。窄窄的一条狭路,底下是几丈深的山崖。鲁德彪贴着岩壁,让牛先过了。放牛娃走在后面,手上鞭子无聊地抽打着路边的芭茅。鲁德彪眼尖,一眼就瞥见他脚上的鞋子,他认得,正是之前他穿过的那双"解放鞋"。鲁德彪掐住放牛娃的脖子,将他抵在岩壁上,指着他脚上的胶鞋说:

"在哪儿找到的?"

放牛娃哆嗦着,脸色变得煞白。

"我不晓得……是我爹帮我找到的。"

"你爹怎么晓得你在哪儿丢的鞋?"

"……我不晓得。"

"你爹呢?"

"我爹找我妈去了……"

"你妈不死了吗?"

"不是我妈……是他花三千块钱买回来的妈……她天天想着跑。"

"你爹哪儿来的钱？"

放牛娃怔怔地望着鲁德彪，摇了摇头。趁鲁德彪没防备，突然朝他虎口狠咬了一口，挣脱后一边狂奔一边喊："不是我！我不晓得！是女鬼带走她的！"

放牛娃瘦小的身子像只蚂蚱歪歪扭扭地在小径上蹦跳着。他没追上前边的牛，脚下被什么东西绊了一下，整个人骨碌碌地滚到山崖下去了。

放牛娃的惨叫声在鲁德彪心中经久不息地回响着。

鲁德彪再没回过白马林场。在他以后的人生中，他甚至厌恶别人提起"白马"二字。那是他内心最隐秘的伤疤。他带着那杆自制的猎枪，和谁也没打招呼，消失在秋天林场浓浓的迷雾中。从此没人再见过他。

二〇〇八年的夏天，一个陌生的年轻女人领着个三四岁大的女孩，走到鸭柯围。女人带着一口难懂的外地口音，向他们打听白马林场的方位。女人看上去顶多二十出头，却像赶了很远的路，满身的风尘。小女孩怯怯地躲在她身后，从她臂弯中探着小脑袋，看到陌生人，又飞快把头缩回去。好心人递给她一个烤玉米，小女孩羞得满脸通红，伸出脏兮兮的小手接了。

大家都觉得这女人有些面熟，好像在哪儿见过，终于有人想起来像护林员十四年前走失的女儿。问她是不是叫黎黎，女人摇了摇头，又问她认不认得鲁德彪？女人又摇了摇头，露出迷茫的神色。大家都不信,最后问道:"你从哪里来的?"

"从南方来的。"女人细声回答道。

骑鹅的凛冬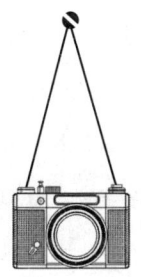

1

一群鹅，共五只，三白两灰，一公四母。立夏来回数了几次，放心了，端起盆，迈出门槛。鸡就来了。它们仰着头，咕噜噜地瞅他。立夏佯装撒谷，它们拍打着翅膀，腾跃起来。发现上了当，转而又咕噜噜盯立夏的手看。立夏捏了把谷粒，扬起手，空中便多出一道金黄的抛物线。沙沙沙，每颗都落了地。鸭子嘎嘎嘎，摇摆着也来了。它们伸着脖子，长喙东戳戳，西探探，看似笨拙，撮起食来最得劲，喙子像把吸尘器。都精明着呢，哪里谷粒撒得厚往哪儿钻。鸡被挤得弹脚舞翅，来了怒火，脖颈处鸡毛炸裂，鸡冠笔挺，朝鸭背狠狠一啄。嘎的一声，鸭子扇着翅膀跑了。鹅最后才来。它们优哉游哉，从桃树下慢慢踱过来。鹅群一来，就没鸡鸭事了。连捣乱的小黑狗也怏怏地走了。五只鹅，白花花一团，谁敢抢食，哗啦一翅膀，扇得它们七荤八素，站脚不稳。立夏就笑。笑得悬在鼻翼的两条"红薯粉"摇摇欲坠。他赶紧吸溜一声，又缩回鼻孔。

说来奇怪，这年冬天比以往任何一年都冷，滴水成冰，是南方少见的凛冬。立夏又从盆里抓了把谷粒，朝最大的那只白鹅喊，庆松，庆松，快过来！那只鸵鸟似的肥白鹅拍了拍翅膀，一摇一摆过来了，杏黄的喙比立夏小手掌还宽。庆松勾勾脖子，朝他欢叫。立夏趁势捉住它，骑了上去。白鹅顿时身子一沉，嘎的一声，"载"着立夏在院里慢慢走着。立夏学着电视里骑马的样子，驾驾驾，吁……觉得手中多了一条马鞭，时不时往空气里挥击一下。白鹅灵性，听得懂立夏的口令，他喊停就停，喊走就走。立夏经常骑白鹅，在他家院里摇晃，叫人好生艳羡。他们骑过牛，骑过狗，可谁都没骑过鹅。孩子们隔得远远的，喊，白痴骑白鹅，白鹅载白痴，白痴白鹅不分啰！

立夏怔怔地望着他们，也不懂回应。

因为这群鹅，孩子们都不敢靠近立夏。当然只要靠近立夏，立夏肯定没好果子吃。现在水车谁都晓得这是个傻子。时间再往前退点，立夏四岁，水车人背地里嚼舌头，说包子铺雷老头家的孙子脑子烧坏了，四岁还不会说话，是个傻子。

这群孩子里，要数二告最坏。二告指着地上一团暗绿的鸡屎，逗他，糖，甜的！立夏就蹲下去，抓了把，犹豫地望着他们，讪讪地笑，得到肯定的目光，猛地往嘴里一塞。孩子们强憋着气，不敢作声，生怕坏了好事，看立夏咧嘴皱眉，似在回味，突然一屁股坐在地上，呸呸呸，骂道，坏人！妈　哦！大家憋得脸红脖子粗，噗的一下，像针戳破了气球，纷纷爆笑起来。笑得肠疼，笑得脚软，笑得眼泪长流。几只狗也受到感染，吐着红舌，摇起尾巴，欢快地围着孩子们打转。

立夏受到伤害，缓缓站起来，一边吐口水，一边抹眼睛。院门这时开了，雷老头从门口探出半个身子，咳嗽一声，喊，立夏，回来！孩子们的笑声就打住了，纷纷望向雷老头。雷老头瞪着一双牛眼，因生气而涨得发紫的脸上，那道伤疤红得像枚印章，格外醒目骇人。雷老头当过兵，传言他脸上的这道伤疤是枪眼，对越自卫反击战时，越南人留下的。也有人怀疑这是雷老头的谎言，说不定是哪个仇家弄的。他害怕仇人上门，所以才躲到水车来的。

孩子们终于笑不动了，都沉默下来，愣愣站着，目送立夏朝自家小院跑去。雷老头依然冷着脸，远远地望着他的傻孙子跑来。那群鹅嘎嘎地从院门拥出，拍着翅膀，隔老远就来迎立夏了。立夏脸上还挂着泪痕，用力吸了吸两筒子鼻涕，蹑足走向鹅群中间，牵了一只，骑在上面。鹅嘎的一声，颠起屁股就跑，其他的鹅也跟着叫起来，院子顿时热闹起来。孩子们还想凑近点，被雷老头挡住了，孩子中要数二告个头最高，雷老头长臂一伸，佯装来抓二告，二告和孩子们嗡的一声，四散而逃。警告声追着屁股就来了："再叫我看到你们欺负立夏，小心你们的脑袋！"孩子们没跑远，等院门呜的一声关了，喘着气，嘻嘻哈哈的，又欢快起来，一起朝雷老头家吐口水：

"我噗！我噗！"

立夏的这群鹅比狗还管用，一有风吹草动，就伸着长脖，像高度警惕的眼镜蛇，生人根本拢不了边。看到鹅，孩子们的脚啊腿啊屁股啊隐隐作痛，都给鹅啄怕了。鹅一来，孩子们都躲得远远的。

方圆几里，都晓得立夏家养了几只鹅，凶神恶煞的，比狗还护家。孩子们打不过鹅，将怨怒都记在了立夏头上。

"立夏，出来啰。"

"不出来，你们都是坏人。"立夏贴着院门的门缝，余怒未消的脸上夹杂着一丝犹疑。

"哎呀，我们不会再欺负你啦！"

"立夏，掏鸟窝去！"

"对！清江对岸那株苦楝树上刚搭了只鸟窝呢！"

立夏卷起衣角，放在嘴里嚼着，两条鼻涕随风飘荡。要是他们再怂恿几句，立夏保不准又出去了。这时院子里又响起雷老头的声响：

"立夏，回来！"

2

庆松的尸体摆在水车镇中心的小广场上。那是春天，正逢赶集，附近村镇的人都目睹了这场死亡。四月份，连日的春雨过后，天空终于晴朗起来，春光明媚，空气中洋溢着一股看麦娘和油菜花的味道，几只布谷鸟正在河面飞巡。又到每年一度的播种季节了。赶集的农民，很多来不及换上干净的衣服，裤脚上还沾着泥巴，叼着旱烟管，一路往水车聚拢。一大早，附近就有人传言镇上发生了一起命案。死人的消息一传十，十传百，早饭过后，连枫树、洪庄那边的人都耳闻了。

这天赶集的人，便比往常明显要多得多，一半是因为采购化肥农药的需要，一半是冲着死人来的。

庆松躺在席子上，已经用彩条布盖了起来。旁边站着两个大盖帽，镇政府的几名干事蹲在石板街的台阶上抽烟。天气逐渐热了起来，阳光穿过屋檐，发出缕缕金光，人在太阳底下，不到一根烟的工夫，晒得头皮冒油。几天前，这儿刚结束掉漫长的雨季，还冷得能穿夹衣，现在一件短袖都嫌热了。

彩条布下露出一截庆松的手臂。白皙光洁，指甲修剪得很干净，每个指甲盖都有月牙白，怎么看都不像一双短命鬼的手。

人潮层层涌过来，声音鼎沸，都想瞅眼死者，彩条布被围得水泄不通。这一带已经平安无事多年，派出所已经很多年没接到命案了，现在一条人命就躺在脚下，能不叫人激动？

"今天早上，我刚打开铺面，一眼就瞅见他，趴在石板街上，身后一长串的血迹，吓得我魂都没了。"剃头匠大牙对做笔录的警察小秦说道。

"当时他还活着吗？"旁边年长的张警官补充了一句。

"好像还剩口气。"

紧接着，斜对面的杂货店老板老罗，作为第二个目击者说了起来："我刚准备出门，差点一脚踩到他身上。满脸的血啊，蠕动着朝他家爬去……就像电视里即将断气的人一样，我喊他时，他还深望了我一眼，嘴里咕哝着什么，可惜听不清。"

米粉店的老郑这时也插嘴了："都成这副样子了，他还在爬，我喊了他一声,他仰起头,好像还朝我笑了笑。"

"笑?你眼花了吧,人都要死了,还有心思笑?"

"我也纳闷啊,他一脸的血,笑得我心里直发毛。"

"凶手抓到了吗?!"

四月二十二日,准确来说,是早上六点一刻,庆松爬到距离自家院门还有不到二十米的罗裁缝店铺前,终于停了下来。那时候,更多晨起的人发现了他。惶恐的目击者纷纷停下脚步,目送庆松像条蛆虫一样,一点点朝他家爬去。

"不要动了,快停下来!"大家惊讶地朝他喊。

"庆松,你这样会死的。"好心的王家奶奶踮着小脚跟在后面奉劝。有腿脚麻利的,赶紧找庆松爹告讯去了。

庆松依然没有停止。一条突然冒出的黑狗凑到庆松跟前,用鼻子嗅了嗅,庆松缓缓仰起头,这张血污的脸把狗吓了一跳,黑狗猛地一个转身就跑,尾巴都吓歪了。庆松在石板街留下一道长长的血印子,像刚用拖把拖过。这幅瘆人的景象吓坏了街坊,他们已经快十多年没看见如此惨烈的状况。老罗家的小孙子吓得当场钻他妈怀里哭了起来,"妈妈,他要死了!"稚嫩的嗓音掠过屋檐,在水车上空长久战栗。

镇上上一次杀人,还是十五年前。当时两户人家为一只偷跑去菜圃的鸡,发生了口角,两家女人坐在门槛上,从中午骂到日头西斜,依旧喋喋不休;耳朵屎都要震出来的男人们,直接挥舞着扁担锄头,哐当哐当干了起来。最后那个倒霉鬼冷不防挨了一锄头,脑袋当场开瓢，一坨坨的血豆腐块淌了一地。死相虽难看，但和庆松相比，那人的死便显得轻松多了。毕竟当场歇菜，没来得及做出反应，直接去阎王爷那儿报到了。

庆松的惨况强烈地震撼着现场的每个人。整条石板街的人都给吓坏了。

没人知道之前发生了什么。也搞不懂他为何不向人求救，憋着一口气也要挣扎回家。更没人搞得懂他死前的微笑。这抹微笑，在众人心中留下了浓重的阴影。他们不明白一个人死到临头了，还有心思笑？

雷老头闻讯赶来时，庆松已经失血过多，陷入昏迷。空气中弥漫着一股甜腻的血腥味，混合着街角那树被雨水冲落得七零八落的泡桐花，徒增了一股不祥之兆。雷老头扒开人群，低吼了一声："庆松，你怎么啦！"

"庆松！庆松！你醒醒啊！"雷老头使劲摇晃着儿子，这突如其来的惨状，像心坎上被人捅了一刀。

"是哪个天杀的啊？！"

庆松躺在父亲的怀里，已经气若游丝，他挣扎着回去，仿佛就是憋着最后一口气，要告诉父亲什么。

"爸爸……带我回家……"

"我的天啊，是谁害的？"

"……我们回家，回龙山……爸爸……"

雷老头等着儿子接下来告知他凶手，胳膊突然沉了沉，再看时，见庆松眼皮一耷,已经彻底断气。

阳光渐渐大起来,犀利的光线将石板街一分为二,一半是阴影,一半浸泡在强烈的光影中。雷老头缓缓放下儿子,将他的身子摆正。炫目的阳光照在庆松脸上,那张失血过多苍白的脸仿佛又恢复了些许生气。雷老头挪了挪身子,用背挡住阳光,生怕晒伤庆松。有那么一会儿,阳光将这对父子分隔开来,看上去正好阴阳两隔。

周围一时鸦雀无声。雷老头出奇地沉默着。大家大气不敢出,直到雷老头直起身来,喉结滚动,发出一声哽咽,大家悬着的心才放下来,纷纷七嘴八舌,猜测是哪个没天良的才做得出这么歹毒的事。

中午时分,有人声称已经抓到凶手。凶手竟然就是石板街上的,据称一共三人,其中一位大家都认得,是服装店老板谭晓利。从谭晓利家出来,三人就被警察逮住了。说是逮,不如说自首。因为三人出门前,早早就给派出所打了电话。

"马所长在吗?"谭晓利说。

马所长自然没在,那会儿他还在午睡,整条石板街都晓得马所长喜欢泡温泉,喜欢打牌,喜欢去温泉中心泡完澡再打牌。有时一打就是通宵。说起打牌,谭晓利和马所长还是对不错的搭档。两人联手斗地主,几乎没有输过。

接电话的是刚分配过来的小秦。他刚开腔,就愣住了。

"人是我们杀的……我是石板街开服装店的谭晓利,我在家,我要自首,你们快过来抓人吧。"挂完电话没多久,警笛声就响了。一辆破北京吉普,后面跟着一辆锈迹斑斑的三轮摩托。整个派出所全员出动。除了抓赌，这条街很多年没响过警笛了。围观的人里三层外三层，都想一睹杀人犯的风采。三人连手铐都没戴，笑嘻嘻地挤进吉普车，倒像下乡的干部，众目睽睽下，很是风光了一把。

3

谭晓利大概是水车镇最早做服装生意的人。更多的时候，大家不叫谭晓利，都叫他谭老板。他喜欢被人叫老板。很多年前，大家都还习惯在地摊上买衣服的时候，他率先在石板街上开了第一家服装店。他家的衣服比地摊上的贵，但款式、料子、做工，都不是地摊货能比的。当然也强不到哪儿去，都是株洲货。新化县的服装店都是从广州进的货，更高级些。但乡下人谁没事跑县城，何况价钱比谭晓利家的贵上几倍，除非钱多得打得卵包痛。

每隔一个月，谭晓利就从株洲进一批货。通常天刚麻麻亮，就去汽车站搭乘头班长途汽车去株洲，第二天很晚才回水车镇，从汽车顶上抛下几只巨大的麻布袋，神色疲惫的谭晓利最后一个走下车，他这个月的活便干完了。做买卖的事，都由他媳妇李莉来打理，他负责打麻将，下象棋，偶尔接送一下上小学四年级的女儿果果。

四月二十一日那天下午，谭晓利的妻子李莉娘家有事，早早就回家了，留谭晓利看店。

"麻将是七点钟开始打的，我、阿毛、窃牯仔，任先斗了一会儿地主,庆松他是最后来的。他来后,刚好凑一桌,我们开始打麻将。"

"打钱吗?"

"嗯,一点点……"

"一点点是多少?"

"一块钱的。"

"骗崽呢?"

"开始是一块的,后来大家觉得不过瘾,就打五块的。"

"从七点打到几点?"

"凌晨三点多左右吧。后来大家都饿了,窃牯仔赢了钱,就让他去买了点夜宵回来。"

"嗯,后来呢?"

"大家还喝了点酒。"

"怎么打起来的?"

"发生了点口角。"

"具体说说。"

"他牌风一向不好,喜欢作弊,被抓过几回。说实话,大家都不喜欢跟他一块儿玩。他没几个钱,又不干正经事,靠一手牌养活着。你晓得,这样的人很讨嫌的……"

"他昨晚作弊了吗?"

"昨晚还好,我们知道他爱搞名堂,都盯防着他,他没机会出老千……最后他输了。"

"那是为什么要打他?"

谭晓利突然沉默下来，扭了扭脖子，骨节暴响，目光便伸往窗外。正午的阳光白得耀眼，一只狗伸着长舌，卧在派出所的水泥球场上晒太阳，谭晓利望着一起一伏的紫红色狗肚皮，突然有些激动起来。

"……庆松……他……他这个……流氓！"

"活该！"

四月份以来，水车镇开始进入雨季。这年的雨水比往年仿佛来得迟些。每年漫长的梅雨季节，天气都很潮湿，墙上长满了霉斑，被褥衣服永远湿漉漉的，粘在身上，浑身不爽利。谭晓利不喜欢下雨，他老婆也不喜欢下雨，碰上雨天，来赶集的人就少，生意通常很糟糕。全水车镇好像就他家果果喜欢下雨。一到下雨天，她就兴奋，叫嚷着要她母亲李莉帮她从墙上的挂钩上取下那把粉白色的小花伞。小花伞是去年谭晓利在株洲进货时给女儿带回的礼物，她如获至宝，每天都伸长着脖子盼着下雨。举着小花伞的果果从石板街上一路往东，路过镇中心小广场，再往北，途经汽车站，那段路是长途汽车和重型卡车的必经之路，常年碾轧，每天都在修修补补，永远尘土飞扬。当然去水车小学，也不是必须得走这条路。从"水车饭店"的隔壁钻过去，有一条窄窄的胡同，从那可以抄近道去学校。以前谭晓利一直反对女儿走这条小路，但自从三月份，一辆载重汽车在汽车站旁边轧死了一个上学的四年级男孩以后，他开始动摇了。那条废弃的小巷子，尽管荒僻，很少人出没，但可以让女儿远离汽车碾轧的危险。何况果果也喜欢走这条小巷，她举着小花伞，蹦蹦跳跳的，伸手挨个去摸斑驳的墙体，从上面抠些对于她来说有意义的小物件。有一天,她撕下一张"老鼠娶亲"的滩头年画,如获珍宝,小心地藏在她的一只小木箱里。

李莉对这条捷径颇有些隐忧。她说这条路很少有人走,附近都是些没人住的危房,万一出个什么事怎么办?谭晓利去接送过几回,观察了一番,说走汽车站那条路反而危险,这么多车,进进出出,每个月都出事故,还不如走这条呢。起先他负责接送,有时他没掐准时间,到学校的时候,果果早已回了家。果果说:"爸爸,你买只手表吧。"李莉说:"你爸买了手表也不准,你爸过的时间和我们的时间不一样。"果果说:"怎么不一样?"李莉没好气地说:"你想啊,我们睡觉的时候,你爸在打牌,你放学的时候,你爸还在做梦呢!"谭晓利就笑,摸了摸女儿的头说:"别听你妈胡说,爸以后每天都准时接送你。"

谭晓利的承诺只兑现了一个礼拜,随着雨季的到来,马所长的牌局也比往常更频繁起来。他们起先在谭晓利家打,后来李莉抱怨大晚上的打牌影响孩子休息,于是改到温泉中心去打。温泉中心和水车相距十多公里,他们通常骑自行车或者开派出所的那辆破吉普车去。

马所长喜欢在温泉中心。那里不仅能泡温泉,还有夜宵摊,打牌累了,去泡泡温泉,喝点小酒,温泉中心的老板娘是个四川妹,手下有几个长得风姿绰约的川妹子,马所长一来,她们便变得热闹起来,围着马所长,麻雀似的叽叽喳喳,喝起酒来也都是一把好手。马所长对那个叫雯雯的南充妹情有独钟。每次见到雯雯,马所长就走不动了。南充妹不光人长得漂亮,腰是腰,屁股是屁股,说起话来软哒哒的,听得人心酥腿软。马所长不喜欢温泉中心是没有道理的。

那天谭晓利刚到温泉中心,屁股还没坐热,李莉的电话就追过来了。李莉还没有开口倒先哭了起来。谭晓利最不喜欢女人哭哭啼啼的样子,问什么事呢?

挂完电话,谭晓利抓起衣服就走。马所长说什么事?谭晓利脸色阴沉,说你们玩,家里有点事,我先走了。马所长不高兴了,说什么事嘛,妈的刚来就走。谭晓利望了一眼马所长,欲言又止,拍了拍他的肩膀,说马哥不好意思,家里真的有点事,下次好好陪你玩。

他回家的时候,女人还在哭,埋怨道:"整天就晓得打牌,要你接女儿,都当了耳边风!"果果倒是很安静,坐在小板凳上,手里捏着一只千纸鹤,望着地板怔怔发呆。他心里徒然一凉,瞪着女儿问:

"你知道那畜生长什么模样吗?"

果果摇了摇头。

"他的口音呢?和你说了什么吗?"

"他叫我别动。我有点听不懂他的话。"

"那他……有没有对你做什么?"

果果将目光从地板上缓缓抬起,眼眸闪过一丝犹疑:"那个坏叔叔,他摸了我。"他的心像针扎了一下。她却突然想起了什么,有些失望地望着谭晓利说:"爸爸,我的小花伞丢了,你给我找回来。"谭晓利抱着女儿,突然鼻子一酸,眼泪差点掉下来。他说好,你等着,爸爸下次给你买新伞。

谭晓利那时就发了誓,掘地三尺也要找到那人。

放学那天,下了点小雨,果果举着小花伞,起先是和同学走在一块儿的,后来她一个人玩着就落队了。那会儿雨已经停歇,但果果依旧撑着小花伞。她太爱这把伞了,对背后突然伸出来的手没做任何防范。小花伞落在地上,顺势滚了几圈才停下来。"伞!伞!"果果心里朝伞呼喊道。一道她无法抵抗的力量拽着她离伞越来越远。她被抱着朝小巷一处废弃的庭院走去。摇摇欲坠的木门被人反踢一脚,在猫一般凄厉的尖叫声中关上了。那时她心里还记挂着她的小花伞。那是班上最漂亮的一把伞,她为此得意了很久。她想扭头去看,铁钳似的大手让她丝毫动弹不得。这时她才拼命挣扎起来,想大声呼喊,奈何半点声音也发不出来。无边的恐惧攫取了她,像小时候溺水一样。那双陌生的大手紧紧地封住她的嘴,让她呼吸都开始困难。他们在一间四处漏风的房间停了下来,那是间木房子,脚下的地板露出手指宽的缝隙,看得见草尖。房间光线很暗,只有一扇窄小的窗,阴沉沉的,什么也看不见。

"不许叫,不然我掐死你。"

她听见背后寒冷的声音。那声音贴着她的耳边,毛茸茸的,像小动物钻入耳朵。她一阵颤抖,身上湿漉漉的,冷意侵袭全身,她听见上下牙关轻轻磕碰的声音。

"别害怕。"那人的口气温和了些。她感觉不像水车这带的口音。一只冰凉的大手像蛇一样滑过她的肌肤。被抚摸过的肌肤此刻像冰一样发烫。那人后来变得愈发放肆,以为她放弃了抵抗。当她意识到他正在干什么时，恐惧渐渐被忸怩和羞涩取代。

立夏就是这时冒出来的。她眼角的余光不经意间瞥到了他。他看起来也吓傻了。不知所措地望着他们。她用哀求的目光瞥向傻子。当两人目光再次相撞的时候，傻子不知道从哪儿获得了勇气，猛地发出一声尖叫。突然的叫声把那人吓了一跳。她趁机狠狠朝他的手咬了一口，一声凄惨的叫声之后，她感到身上的力道卸了下来，赶紧慌不择路地跑了出去。

天已擦黑，飘起细雨，她顾不上小花伞了，拼命地朝有人的方向跑，直到在小巷尽头看见前来找她的母亲，才停下脚步，扑进李莉的怀里惊慌失措地哭起来。

谭晓利眼前时常浮现女儿描述的那双手，女儿说，从背后捂住她嘴的那只手冰凉、有劲、宽大，那双手伸过来，天一下就黑了。他容忍不了操着外地口音的人在女儿身上犯下的罪恶。他发誓要把那人揪出来。四月以来，这事一直困扰着他。疑惑在于，那条小巷，除了本地人，很少为外人所知，这使他陷入困境。整个水车，谁不晓得果果是他女儿？他的恼怒在于竟然还有人胆敢向她女儿下手。有段时间，他仔细留意赶集的人，养成了下意识瞥手的毛病。

李莉说报警吧，你不是和马所长好得穿一条裤子嘛，叫他来看看。谭晓利说你疯了吗？这事要捅出去，果果以后还怎么做人？这个畜生，不要让我抓到，抓到我得剥了他皮不可。

4

　　四月二十一日下午六点四十分左右，庆松最后一次走进谭晓利家。这年春天姗姗来迟，玉兰花到三月还没有开。这个春天他大部分时间都是和谭晓利他们几个在牌桌上度过的。头几回，庆松的手气出奇地好，几乎是将他们口袋里的钱全部榨干净了才依依不舍回的家。这样的好运气，使他近乎迷信，觉得谭晓利家是他的风水宝地。谭晓利家住三楼，整条街几乎一览无余。他近视眼，但喜欢坐在谭晓利家临窗的那个位置。手气好的时候，透过窗户，石板街上的一举一动尽收眼底。他喜欢这种感觉。

　　有时庆松显得过于沉浸而分心，甚至忘了出牌。他们纷纷不耐烦起来，用脚踢他，"妈的快点啦！"不用猜，他们也晓得庆松在偷窥馄饨店的刘芳芳。看刘芳芳撅着大屁股，在馄饨店前前后后忙碌着。庆松对刘芳芳的垂涎可不是一两天了。刘芳芳长相一般，但有一对令整个水车镇男人为之侧目的傲乳。这对结实霸道的乳房像对探照灯似的，水车镇的男人们想假装视而不见都难。

　　庆松平时不敢对刘芳芳怎样，但喝了酒跟没喝酒的庆松，是两个人。喝了酒的庆松一改平常的怯懦本分，也敢和刘芳芳开带颜色的玩笑。"嘿嘿，昨晚搞了吗？"话未落音，刘芳芳手中的铲子率先表达了不满，啪的一声砸在尚未来得及收回的手上。庆松吃了疼，龇牙咧嘴地笑。"你再敢动手动脚，这锅滚水给你褪褪毛。"庆松也不生气，脸上依然挂着笑，怏怏地走远。

"瞧瞧你这副德行,色眯眯的眼睛都快钻进刘芳芳裤裆了。"四月二十一日下午,他们又在奚落他了。庆松嘴角露出一丝不置可否的笑。这时街边一个小女孩映入他的眼帘,细长的脖颈,粉白,洁净,穿着柠檬色裙子,怎么看都像朵四月的花。女孩一边走,一边吹着气泡,身后飘起一连串五彩缤纷的泡泡。小女孩很快被气泡环绕,包围。庆松心里莫名一动。直到楼梯间响起细碎的脚步声,他才把小女孩和谭晓利家的果果对上号。

他内心慌乱起来,假装尿急,去了一趟厕所。厕所的墙上布满褐色的斑点,头上挂着一只二十五瓦的白炽灯,飞蛾的残骸依然停在灯罩上。他凝视着眼前变幻莫测的斑点,体内许久才腾升尿意。一阵长久的喧哗过后,身体某处蓬勃的膨意逐渐消失了,他忍不住战栗了几下。

返回牌桌的时候,果果已经上楼。卸了书包,侧身站在父亲旁边,手中把玩着一颗麻将。他闻到一股好闻的肥皂泡清香。谭晓利从桌上摸了两块钱,递给果果,说去外面吃碗馄饨吧,爸爸打牌,没时间做饭。果果将麻将抛到半空,周而复始,终于接了谭晓利的钱,又默默望着他们打了一会儿麻将。从这个时候起,庆松开始一个劲输钱,输得手心直冒汗,仿佛旁边摆了一盘熊熊燃烧的炭火。

果果观战了一会儿,嘟着小嘴说:"你们这些人真讨厌,整天就知道打牌,打牌,打牌!"她重复了三遍,咚咚咚下楼去了。庆松点了根烟,目光又不由自主地伸向窗外,那个可爱的身影出现在街上,小兽似的奔向刘芳芳的馄饨店。刘芳芳穿着一件低领T恤,不知为何,他忽然为她高耸的胸部感到怅然，甚至乏味。入夏季节的蝉鸣在石板街苍老的香樟树上重新响起，声声入耳，庆松听着莫名愉悦，这时他看见侄子立夏光着脚丫子走来，立夏身后跟着一群起哄的孩子，他们大声喊："傻子！傻子！"立夏愕然地回头看着他们，目光闪烁着一阵忧伤和茫然。

"我叫鹅啄你们！"立夏说。

"那我们就放狗咬死它！"

"放毒吧，那样省事些。"

想到下毒，立夏似乎焦急起来，他暂时还没想到更好的对策。孩子们朝他围拢过来，用细长的木棍戳他的肩膀。立夏的脸上流露出怯意，眼看就要哭起来。立夏的表情让庆松一下子想起哥哥庆龄。庆龄当年在父亲面前，也是这副表情。也是这个季节，父亲将庆龄吊在家旁边的柿树上，雨点般的夏蝉声透过叶隙，将耳朵灌得满满当当。庆龄穿了一条裤衩，身上全是横七竖八的伤痕，父亲喝了很多的酒，握着皮带，气恼地望着他。他站在旁边，大气不敢吭。庆龄咬着牙，执拗地望着父亲。"祖宗赏你一杆枪，你非要当搅屎棍。我的老脸都要你给丢完了！"父亲暴跳如雷，高举着皮带。在密集的鞭打声中，庆龄硬是不呻吟一声。他的态度惹怒了父亲，"我今天把你抽死算了，爹打崽，打死也不赔命的。""你打啊，打死最好！"庆龄依旧不服软，轻蔑地望着父亲。立夏这时跑过来，抱着庆龄的腿，号哭起来，庆龄一脚给他踹开，骂道："狗杂种，哭啥哭，滚一边去！"

想起这一幕，庆松突然忧伤起来。更多的记忆纷至沓来，让他深陷往事的泥淖，突然小腿一阵锐痛，对面谭晓利不耐烦地踢了他一下，将他的记忆拉回牌局。

"他妈的你还打不打了？又在发什么呆，刘芳芳你就别做春秋大梦了！"

"快出牌！"窃牯仔尖着嗓子喊道。

5

防腐剂是从县城买回来的。据说打一针，能管上一个礼拜不腐臭。枫树那边做冰棺生意的还想附带推销一下冰棺。"列宁同志就躺在这种冰棺里，死了几十年跟刚睡着似的。"但他们的想法很快被水车人识破，被讥讽了一番。"想钱想疯了不是？死人的钱都想赚啊。"

庆松静静地躺在彩条布上。临时给他搭了个简易的凉棚，挡住了强烈的阳光。遗体旁边放着一条讣告，上面写着死者的生前信息和死因，后面附着刚冲洗出来的彩色遗照。只需匆匆扫视一眼，这些残忍的照片便足以让人反胃和厌憎，继而唤起强烈的同情心：一条年轻的生命在这里被人谋害了。

这比马所长原先预想的情况要糟糕和复杂得多。事实上，自从中午刚入睡被电话吵醒，他就预感到了什么。了解他脾性的人，从来不敢没事大中午给他打电话。小秦在电话中小声说："早上打电话，您不在家……"马所长嗯了声。小秦本来还想说去温泉洗浴中心，也没有找到他,强忍了没说,直接说了命案的事。当听说是命案时,马所长这才彻底从昏沉中清醒过来,他点了根烟,下意识地往墙上瞟了一眼,正午的阳光透过窗户,正照着墙上的邓丽君。邓丽君穿了一条米黄色的裙子,戴着九十年代初期流行的那种巨大的圆耳环,甜蜜蜜地朝他笑。他望着她谜一般的微笑出了好一会儿的神。雯雯这时从迷蒙中醒来,学着香港电影的语气:"阿 Sir,出什么事了?"

马所长将烟掐了,拍了拍女人的屁股,说等我回来告诉你。他连袜子都没顾上穿,直接套了凉皮鞋,就去了派出所。

此时笔录已经接近尾声。马所长说人呢?小秦说:"三个,都在里面待着呢。"

马所长刚进去,听谭晓利喊了声"马哥"。其他两人赶紧叫了声马所长。马所长皱了皱眉,说怎么是你啊?谭晓利一脸苦笑,叹了口气说:"给马哥添麻烦了!"

马所长拿着小秦的笔录看了眼,说到底怎么回事嘛?怎么把人给弄没了。

谭晓利说:"马哥,这么多年了,我的脾性你又不是不晓得。我这人做事最不喜欢拐弯抹角,就是笔录上说的,这狗日的要不是我亲眼看见,还真的不敢相信是他干的。"

"他对果果?"马所长瞥了眼谭晓利,"别逗了,果果秧苗儿呢。"

谭晓利说:"可不是嘛,这不畜生干的事嘛,果果才九岁呢!"

说着马所长表情也严肃起来:"真的吗?你亲眼看见他对果果……"

谭晓利说:"马哥,你不信问窃牯仔和阿毛嘛,他们昨天晚上也在场的。"

"你们都看到了吗?"马所长问。

两人同时点了点头。

"是窃牯仔最先发现的。打到夜半,大家都有些饿了,窃牯仔赢了钱,我们就怂恿他买了些宵夜和啤酒回来。吃完已经三点多了,我有些困,想回家睡了,窃牯仔说吃饱了睡不着,提议再玩几把回家。我看谭哥没有反对,庆松不见人影,可能撒尿去了,我说打就打嘛,反正稀烂的手气,我心里还盼着吃完夜宵手气旺起来呢。"

"然后呢?"

"我们等了会儿庆松,见他还没来,我喝多了啤酒,尿胀,就去上厕所,路过果果房间的时候,发现门是虚掩的,开了个口子。我瞥了眼,妈的,发现有个黑影站在床前,冷不丁吓了我一跳。我说谁,在干吗?这时庆松也发现了我,说喝多了,走错房间了。"

"你当时看见他在干什么?"

"他站在果果床前。床有蚊帐,蚊帐没有合拢,我不确定是果果睡前忘了关了还是后来打开的。当时也没有往心里去,毕竟谭哥在家,他除非吃了豹子胆了。谭哥这时听见声音就过来了,问他怎么进了他女儿的房间。谭哥一问,庆松有些慌张起来,说喝多了,走错了房间。谭哥说,你蒙谁呢?我家你又不是头回来……"

6

立夏站在水车的桥亭里,底下是流淌的清江。他每天的任务,是将那群鹅赶下清江。鹅见到水,开始加快步伐,扑扇着翅膀,仰天嘎嘎叫着。每天都是那只叫庆松的大白鹅领队。排成一字形,一摇一摆地朝河边走去。隔着老远,它们就闻到河水的味道了,纷纷欢叫。庆松不叫。它走最前头。它不下水,所有鹅都停下来,撅着屁股等着。庆松伸长脖子,往河边探了探,扑打着翅膀,哗啦一声,跃入河中,先将头埋入水下,弓了弓脖子,反复几下,晶莹的水珠从羽毛纷纷滑落。其他鹅这时也下了水,荡起阵阵涟漪,平静的河面全给它们弄皱了。

立夏坐在桥亭上纳凉,俯瞰着他的鹅群。鹅……鹅!鹅!鹅!立夏在上面一声喊,所有鹅都抬起头,屏息侧听,听着是立夏的声音,嘎嘎嘎地回应起来。

立夏喜欢这群鹅。跟鹅待在一起安全。身边有鹅,他就什么都不怕了。他们说立夏,傻子!他也敢回应了:"你才是傻子呢!"他们咦了一声,傻子还敢骂人呢!立夏就退,身后传来鹅叫声。他就不退了。那群鹅是他的保镖。其他孩子都没鹅,没有保镖,立夏便有些得意了。

"哪天你的鹅就全死光光了!"他们诅咒说。

果果从不欺负他。有时她跟在这群孩子后头,默默望着他,带着一丝怜悯。她穿红漆小皮鞋,举着小花伞,背一只唐老鸭的大书包。

立夏察觉到了她目光流露出来的同情。她说你为什么不上学呢？立夏用小木棍戳了戳脚背："老师不收我，我爷爷说我高烧烧坏了脑子，他们说我是傻子。"

"你还会养鹅呢，你看它们都听你的，你一点不傻。"

说到鹅，立夏马上神采起来："我养的鹅会飞，能飞很高很高。"

"能飞多高呢？"

立夏就指了指天，蔚蓝的天空有半轮残月，像道浅浅的牙印。"能飞到那儿！"说完嘿嘿朝她笑。

入春以来，连着下了几场雨。雨天他就不需要去清江放鹅。雨天河面浑浊，河水带来了上游的枯枝败叶和各类垃圾。有时还漂浮着淹死的猪和禽类。下雨天雷老头不许他去清江，立夏闲着没事干。他就在石板街上孤魂一般游荡着。起先他在刘芳芳的馄饨店玩，嫌碍手碍脚，被刘芳芳赶了出来。后来天空飞起了细雨，立夏有些无聊，便在汽车站附近耍。运气好，能捡到半瓶喝剩的矿泉水或者易拉罐。有次他在马路牙子上捡到一罐未启封的健力宝，旁边还放着一副太阳镜。这使他迷信般有事没事跑到那儿守株待兔。他还喜欢闻长途汽车的汽油味。每次闻到这股气息，立夏就亢奋不已。他还记得第一次坐长途汽车，从龙山坐了一整天才来到水车。

汽车进站，停稳了。车门抽噎，哗啦一声，门就弹开了。二告说汽车在拉屎放屁。立夏坐在马路牙子上，托着腮，望着迫不及待从车门挤下的人。傍晚时分，雨开始密了起来，街上打伞的人越来越多。他站起身，朝汽车站旁边的小巷走去。他晓得那里的屋檐可以避雨。放学的孩子们三三两两从小巷尽头走来。没带伞的人顶着书包，在雨水中一路小跑。立夏贴着墙根，缩身在旮旯，没人顾得上瞧他。打伞的孩子则不紧不慢地走着。雨滴落在伞面上，轻轻转动伞柄，变成一朵旋转的雨花。

果果走在最后。她举着小花伞，隔着很远，他就认出来了。她的小花伞出现在小巷，小巷里所有的伞都黯然失色起来。果果哼着蓝精灵的歌，旋转着小花伞，一点也不急着回家，看得出来她很喜欢雨天。

立夏不喜欢雨天。尤其是雨夜。他经常在雨夜梦见父亲。父亲穿着白色袍子，在雨夜悄然潜入他们睡觉的房间。房间里睡着他和爷爷。门是闩上的，他不知道父亲是怎样进来的，跟猫似的，一点脚步声都没有。父亲站在床前，俯身朝他悄声说着什么，一脸的笑褶子，他想喊爸爸，父亲急忙做出嘘声的手势，要他不要吵醒旁边睡着的爷爷。然后穿着白色袍子的父亲轻盈地跃上他们家的单桌，伸手去钩房梁上挂的风干板鸭和鸡胗。突然房间里又多了一个和父亲一样打扮的青年男人。男子负责在底下接父亲从梁上取下来的板鸭。眼看梁上的板鸭一只一只被取了下来，梁上空空如也了，他焦急起来，想喊，却发不出任何声音。他眼睁睁地瞪着他们盗取，却一点办法都没有，急得全身冒汗。父亲和那个陌生青年男子看见他这副模样，几乎同时恶作剧般笑起来。每到这时，立夏就惊醒了。他大声喊："爷爷，他们把梁上的板鸭都偷走啦！"雷老头从梦中惊醒，忙拉亮电灯，电灯一亮，父亲不见了，陌生青年男子也消失了，他赶紧瞟了眼房梁,板鸭一只没少。他大汗淋漓,躺在床上,像从水里刚捞出来似的。

"我刚梦见爸爸了。"他说,"他又过来偷鸭子了。"每当这时,爷爷的脸色总是很难看,他找来毛巾,替他擦了身子,没好气地说:"庆龄,你像个男人就冲我来,不要再来纠缠立夏了,他是你崽啊!"

他才晓得父亲叫庆龄。他几乎快要忘记父亲的模样了。爷爷不说,他不知道父亲原来也是有名字的。他总是反复做着同样一个梦,梦见穿着白色袍子的父亲,悄无声息地推门而入,在床前俯身端详着他。父亲的脸异常白,白得像鹅毛。

庆松死那天,立夏在苦楝树下的草窝里睡着了。他的脸上爬满了蚂蚁。二告拍醒他,说你叔死了,你还在这儿睡大觉呢,他们找了一圈了,我就知道你在这儿。立夏揉了揉眼睛,没明白什么意思。"庆松死啦!"立夏听到"庆松",一骨碌爬了起来,擦了把眼,盯着水上的鹅群看。"庆松没死呢!"他嘟囔着说道。太阳这时钻进鲸鱼般大的云团,河面突然暗淡下来。二告拍了拍他的头:"傻子,不是鹅,是你叔死了!"

立夏跟着二告他们往家走着,一路走,一路回头:"鹅还在河里呢,我得先把鹅赶回家。"二告说:"你叔都死了,一大早大家都知道了,你不晓得吗?你真是个傻子!"

回到家,立夏一眼就看到了石板街上那道长长的血迹。很多人围在旁边,他钻进人群,挤到最前面,看庆松一动不动躺在地上。那样子让他一下子想起了父亲,父亲当时也是这样,一身的血,躺在地上，旁边蹲着一位俊美的青年男子，抱着父亲的尸体恸哭。

强烈的阳光倾泻下来，烤得立夏直淌汗，他擦了擦眼角的汗水，突然想哭。

7

三年前，雷老头突然影子般来到水车。谁也不晓得他们的底细。雷老头不爱言笑，做事不声不响，自称湘西龙山人，手里牵着一个小孩，旁侧立着一位十七八岁的伢子。小孩跟豆芽似的，蹦蹦跳跳，眉眼间透着一股呆气。问叫什么名字，不响，又问今年几岁？半天回答不上来，雷老头说，孩子小时候发过一场高烧，脑子不好使了。叫立夏。是我孙子。这么小就当爹了？他们将目光伸向庆松。庆松脸上飞起一片红霞，说这是我侄子。那他爹呢？庆松沉默下来。雷老头在旁边默默补了一句：

"死了。"

雷老头盘下这座衰败的小院，修葺一番后，弄了个门面，开了家包子铺。开包子铺不稀奇，水车像这样的包子铺，还有三四家。雷老头年纪不大，五十不到，但显老，看起来比实际年龄大出不少，右脸颊上有一处紫黑铜钱大小的伤疤。有人说是枪眼，有人说是刀疤，关于他的来历，没人说得清楚。有人好奇地问起他脸上的伤疤，他就说越南佬打的。那些年，负伤退伍的军人很多，回来都有一段血肉模糊的故事。

"你上过战场?"

雷老头鼻子嗡了一声,算是回复了。

"打得激烈吗?"

"那当然。"

"死的人多吗?"

"那当然。"

"杀过人?"

雷老头停下手中的活计,乜斜着朝人深深望一眼。

"战场上子弹不长眼,枪子儿打出去,死没死人,说不清的。"

还想多问什么,雷老头只当没听见,转身忙别的去了。

有关他的传闻就此传了开来,脸颊上的伤疤是打仗留下来的,那必定是上过战场的,上过战场,杀个把人那还不是玩似的。初来,还有些欺生,后来晓得他上过战场,负过伤,兴许还杀过人,什么场面没见过?便再没人敢小瞧他了。

雷老头盘下这间铺面,专门做包子,他家的包子馅多皮薄个儿大,比别家还便宜,街坊都喜欢,隔着几条街远,也乐意过来。一年后,雷老头渐渐在水车站稳了脚跟。他很少谈老家龙山的事,也绝口不提女人和死去的儿子,但凡有人提起,就说害病死了。有人好心要给他做媒。说你一个男人,既做生意,又带孙子,家里少个女人,成何体统。雷老头说,蛮好。再劝,雷老头说,我一个人应付得来。语气异常寡味。对于续弦,雷老头似乎没多大兴趣,前后来了几个媒婆，以为这事八九不离十，吃定了这份彩礼，结果都碰了一鼻子灰回去。

雷老头精心料理这家包子铺。每天鸡刚叫头遍，就起床忙碌开来。叮叮当当的，剁馅、发面、和面、揪剂子、擀皮、包包子，最后上蒸笼，天刚蒙蒙亮，各种声音四处飘来，开铺面的，打哈欠的，往街面泼洗面水的，石板街彻底醒来，新的一天又开始了，正赶上雷老头的包子出笼，热气蒸腾，香气四溢。便陆续有人来买包子，待四笼包子卖完，旭日初升，照得石板街点点金光，雷老头收工，这天就该散场了。他每次只做四笼包子，生意再好，也只做这么多，没赶上趟的，就只能等明儿了。

8

几只苍蝇落在彩条布上，嗡嗡声不绝，迫使人不断挥手驱赶。天气热了起来，空气中飘溢着一股腐烂的苹果味道。他们谈到防腐剂，打赌说如果不是打了防腐剂，尸水都流出来了。庆松躺在镇中心的小广场，已经一个多礼拜了。现在这儿成了灵堂，每天不断有人拥过来，尤其赶集的时候，石板街前后堵塞得像条严严实实的香肠。习惯了在石板街上玩耍的小孩，也不敢出来玩了。大人吓唬说，庆松是横死，晚上会变作厉鬼出来吓人。

一天前，医生又过来打防腐剂。防腐剂据称价格昂贵，一针一百多。一针下去，一头小猪仔的钱就没了。水车人啧啧感叹。闲来无事，扯起卵谈，说最近猪圈角落的猪粪开始长绿毛了，猪肉价格怕是又要上涨了，下场赶集的时候，要背条小猪仔回家。又聊起传说中湘西那边的赶尸。

"庆松老家就是那边的，赶尸他肯定是听过的。"

话题又转到了庆松头上来了。叹惜说要不是迷上了打牌赌博，怕早该成家立业了。又聊起两年前短暂出现在石板街的贵州妹，"他们走路都牵着手，看上去感情蛮好呢，没想到半年不到贵州妹就跑了"。那个爱穿牛仔裤和白波鞋的贵州妹，比庆松还大两岁，自称去过广东，能讲几句粤语。也学港台明星，喜欢将白T恤扎裤腰，外边再套件宽大的夹克衫。她率先掀起水车镇的第一股时尚潮流风。有一段时间，她是谭晓利店里的常客，经常委托谭晓利给她进货。他们半开玩笑半认真地问庆松："什么时候喝你们喜酒？"庆松笑嘻嘻的，贵州妹也笑嘻嘻的。然而，没多久，贵州妹就跑了。走的时候，将雷老头藏在米缸里的钱都翻走了。贵州妹跑后，庆松开始打牌。女人跑前，他只白天打，现在白天和晚上都打，连续通宵，别人问起贵州妹，说打牌把老婆都打没了，还不赶紧去找回来。庆松依旧笑嘻嘻的，跟没事儿似的。他笑起来的时候，眼角微微上扬，蝴蝶一样。

几天前，街上开始出现了募捐。民办退休教师罗隆老师在水车一致被认为是最有德行的人，本地的红白喜事，概由他来主持。这位小学语文教师写得一手公认的好字，王羲之、柳公权、赵孟頫、颜真卿等，年轻时都一一临过帖。少时家里穷，没钱买墨，挑了水，在自家楼板上，写得如痴如醉。赶集的当天，罗隆老师现场挥毫，洋洋洒洒写下三百余字的募捐书。字迹极其工整、讲究。读罢让人声泪俱下，字字带血，除了陈情冤情，痛斥黑恶势力，还恳求大家齐心协力，一起募捐，促使这起民愤极大的冤案早日昭雪。

募捐的效果相当不错，捐款的人罕见地排成长队，少则一毛、两毛，多则一块、两块，每一笔账都有专人记录，写在一个小本上，姓名、金额、何方人士。下午的时候，募捐箱就满了，梳理一下，够庆松打上两针了，罗隆老师在记账本上工工整整地用毛笔小楷记下：壹佰叁拾柒圆伍角陆分。

中午时分，镇长和马所长都来了。镇长说："大家冷静点，你们的心情我是理解的。这其实是个误会，真相并不是大家想象的那样。就是几个年轻人打牌，喝醉了酒打架，失手打死了人。现在当事人都已经关起来了，该负法律责任的，一个也跑不掉。天气热起来了，尸体还是早日火化好，摆在这里成何体统？每天这么多人聚在这里，要是被别有用心的坏人蛊惑，还容易酿成群体事件，请大家一定要相信政府，擦亮眼睛，我们一定会给大家一个真相和合理的交代……"

镇长话没讲完，被一阵喧嚷打断：

"庆松就是被人折磨死的！"

"严惩凶手！"

当天深夜，鸡叫头遍的时候，突然来了十多个烂仔，手持铁棍，强行抢夺尸体。尽管做了伪装，戴着口罩，或用围巾包住了头，还是被人认了出来,都是附近一些伢子。开了一辆小四轮,想把尸体运往县城的殡仪馆去火化,最后被闻讯赶来增援的民众团团围住,围了个水泄不通,双方都动了手,烂仔们的铁棍威力虽大,敲在身上半天缓不过来,但农民手中的锄头耙头铁锹,都是吃饭的家伙,使起来更得心应手,何况人多势众,一时把对方镇了下去。几个后生鼻青脸肿,画押讨保一番后,天亮时才狼狈不堪地跑了出去。留下跑不动的那辆小四轮,成了俘虏,被众人合力掀翻在地。

事情本也没这么复杂,但抢尸事件发生之后,大家就觉得事情远没这么简单了。"此事定有蹊跷。""要是真的如他们所说,那为何要抢夺尸体?""这明摆着要毁尸灭迹。"这帮烂仔必定是受了人唆使,背后的人是谁,用脚也猜得到,必定凶手家属无疑。他们把尸体夺过去,火化成灰,便死无对证了。庆松死了几天,法医却迟迟没来,这事本就引起水车人的不满,再加上抢尸事件,等于火上浇油,犯了众怒,水车人开始不干了,撸起袖子发誓要给庆松讨回个清白。

9

四月二十二日上午,果果坐在教室一直在颤抖。同桌最先察觉,问她怎么打摆子?是不是生病了。她摇了摇头。直到第二节课,老师才发现她的异常,走到跟前,问是不是感冒了,怎么一直发抖?果果不说话,脸色苍白,眼神呆滞,像是给什么吓傻了。班主任将她带到办公室,摸了摸她的额头,没有高烧,只听见两排细小的牙齿像打字机发出咯咯的碰撞声。

"是不是看到什么吓人的东西了?"班主任问她。

果果的下巴轻轻抬了抬,猛地抽了一口冷气。

班主任也被她吓得不轻,问到底发生什么了?

"杀人……杀人了……老师……我怕……"果果抬起头,怔怔望着班主任说。"杀谁了?"班主任一脸惊诧望着她说。果果不语。班主任更加好奇,使劲摇了摇她的肩膀。果果就说了:"老师你不要告诉别人……我爸他们昨夜把庆松打得快没气了,后来打累了就把他塞进柜子里,早上起来的时候庆松跑了……听说死在了外面。""你爸为什么要打他?"班主任说。"我爸说他是坏人。说他要害我。"

四月二十一晚上,果果像往常一样,写完作业,看了会儿动画片,十点左右就去睡了。隔壁还在打麻将,隐隐能听见麻将碰撞的声音,声音很大,窃牯仔的声音尤其尖厉。天气有些闷热,她睡不着,喊,窃牯仔,你说话声音细点啊!窃牯仔故意装作没听见,没有回应,但一会儿,窃牯仔闭嘴了。

她嫌屋里热,光脚下了床,将门开了一角,外边的灯光猛地斩了进来。野外的蛙声此起彼伏,战鼓擂动。每到四月份,夜里各个角落都是它们的呼喊声。她听了会儿,想《西游记》里有没有青蛙精。既然有兔子精、蛇精、蜘蛛精,那自然应该也会有青蛙精了。这样想着,她就更睡不着了,起身去了外边的露台。露台上凉快,没有蚊子,夏天的时候,谭晓利铺张凉席,直接在露台上过夜。月光皎洁,月亮高高挂在街角那棵古老的香樟树上，投下一地的斑斓。街上店铺都打烊了，人息灯灭，只有偶尔的几声狗吠。

站在露台上，远处的蛙声显得更响亮了些，这些精灵仿佛潜伏在眼前某处角落里，正在开场万人大会。时而喧哗，时而高涨，偶尔沉寂一会儿，迎来一波更大的声浪，有一只声音特别威严低沉，像是蛙王。它一叫，旁边的蛙都变得安静了。果果一时听得入了迷。

庆松出去小解，看到外边明晃晃的月光，见露台有人，就过去了。果果听见脚步声，回头一看，见是庆松，庆松刚想说话，果果忙嘘声说，你听——庆松听见几声蛙声，咕咕，咕咕，响如春雷。果果说，蛙王！它们就在那个角落。他顺着她的指向看了看，下边是一块荒地，月光下草木葳蕤，声音格外清亮。果果说，你去给我捉来。庆松就笑，说草丛里有蛇呢。说起蛇，果果也害怕起来，真的有蛇吗？会不会爬上来？庆松故意吓她，说怎么不会，蛇最爱钻家里了，软哒哒地挂在梁上，不小心一看，还以为是根麻绳呢！果果吓得一声尖叫，抱着庆松的腰，说你骗我，你是坏人！庆松摸了摸她的脸蛋，又闻到头发上那股熟悉的肥皂味儿，不禁心旌摇曳。

谭晓利就是那时出现的。他听见露台传来女儿的尖叫，过来查看。月光下，庆松抱着女儿，捏着她的脸蛋。谭晓利咳嗽一声，说在干什么呢？庆松笑嘻嘻的，我说蛇会爬上来，她吓得抱着我的腿不敢走了。谭晓利对果果说，这么晚了，怎么还不去睡觉？果果说，房间闷热。谭晓利恼怒起来，说少啰唆，快睡去，明早上学又死猪一样起不来。果果嘟囔了一句，你们打牌吵死了，我睡不着嘛。一边说着，进房睡了。庆松依旧笑嘻嘻的，想说点什么，谭晓利一言不发，先回了牌桌。

果果在蛙声中沉沉睡去。她梦见露台上站着一个穿白色长袍的青年男子，神色忧戚，似有心事。她走向前，问你是谁，怎么跑我家露台来了？白袍男子不作声，眼睛里突然涌出泪水。她惊诧地望着他，不敢再问什么。白袍男子说："我弟弟快要死了。"她说你弟弟是谁呀？"我弟弟叫庆松。他现在你家打牌，我就一个弟弟呀，等会儿他就要死了。"她扭头想去看那边的牌桌，费了很大的劲，脖子像铁铸似的，怎么也转不动。她好奇地说，你怎么晓得他要死了？白袍男子却倏尔忽逝，一下消失得无影无踪。

果果是被一阵阵打斗声惊醒的。她听见谭晓利在咆哮。伴随窃牯仔尖细的嗓音。阿毛好像没有说话。但一会儿她就听出来了，阿毛在揍人。砰砰闷响。阿毛壮实，打起架来，没谁能在他身上讨半点便宜。她听见庆松的哀号，别打了，求求你了，别打了，痛啊！她赶紧爬起来，光脚跑出去，刺眼的光逼得她睁不开眼。

地上一片狼藉，麻将桌已经被掀翻了，麻将散了一地，她脚下就踩着一颗。空气中飘着一股刺鼻的酒气。庆松趴在地上，被阿毛揪了头发，窃牯仔反剪了他的手，一屁股坐在身上。见了果果，庆松微微扬起头，鼻尖的血一滴滴往下掉。谭晓利坐在一旁，抽烟，冷冷地看着。她从没见父亲如此吓人的样子。那眼神恨不得要将庆松生吞活剥了。她站在门口，扶着墙，吓得瑟瑟发抖。谭晓利说，痛快点吧，别啰里啰唆的，是不是你干的？庆松不响。阿毛见他不说，一边骂一边踢。踢麻袋似的。庆松又哎哟起来。她不知道打了他多久了。他妈的老实点,我盯你好久了,那天小巷里的人是不是你?庆松摇了摇头,说不是我,我不知道你们在说什么。怎么不是?全水车就你他妈的是外地佬,果果说那人讲话不是本地人,我就怀疑到你了。他妈的还果然是你,要不是我亲眼看见,还叫你狡辩过去了,刚才在露台的时候,我就该一脚把你踹下去。

提到外地佬,窃牯仔也生起气来,尖着嗓子说,一个外地佬,跑到别人地盘,还不老实,这不讨打吗?伸手往他头上拍,说还敢不敢撒谎?!

果果这才反应过来,明白事情原来和自己相关。她想起刚才的梦,心里有些害怕。谭晓利向她招了招手,说那天小巷子里的人是不是他?果果怯怯望了眼庆松,庆松的眼角破了,高高肿起,他的眼神看起来更像条上岸的鱼。果果觉得地上躺着的人突然陌生起来。她没看清那天那个人长什么样,也忘了什么口音。她只记得立夏,那个突然冒出的傻子。那人死劲掩住她的嘴,差点窒息的时候,是立夏的叫喊解救了她。趁那人慌张的时候,她狠狠咬了那人的右手一口。她下意识瞅了眼庆松,一双干干净净的手,没发现什么异常。

"是不是他?"谭晓利又问道。

"我不晓得……我只看见立夏。"果果摇摇头。

"傻子不就是他侄子嘛!"阿毛说道。

"傻子在那儿干吗?"

"立夏朝他叫了一声,我趁机就跑了。"

"傻子胆子很小，肯定是看到熟人才敢喊的。"

"妈的，肯定就是这小子干的。在露台我看他就不对劲了，刚才要不是窃牯仔发现，还不知道要干出什么事来。"

果果隐隐觉得有什么不好的事情将要发生。她希望庆松能据理力争，把事情原委说清楚，但庆松什么也没说，任由他们给他随意下了结论。仿佛这些和他无关紧要。这时她听见谭晓利说："你进去睡觉吧，明天还要上学呢！""你们要对他干什么？"她下意识地问了一句。"大人的事小孩懂什么？睡觉去！"谭晓利喷着酒气，瞪了她一眼。她不敢再问，悄声返回了房间。听见谭晓利喊："窃牯仔，给我找根麻绳来，看他妈的招不招。"

10

温柔的阳光抚慰着守尸的人，有几个年长的坐在长凳上打盹，他们有些人已经好几个晚上没睡个囫囵觉了。种子早已落了秧田，初具长势，如新剃的板寸，劲头十足。清江两岸四处碧绿的野草，一派生机盎然的景象。松塔刚发芽，长出粉笔长的嫩黄芽，沾满了毛茸茸的松粉。轻轻一摇，暴雪似的飘下一层厚厚的金黄粉末，空气中散逸着松塔独特的清香。这年的松塔没有毛毛虫，长势喜人。水车漫山遍野的松树林，到了秋天，等松塔熟透了，乘着氢气球打松塔，是镇上一道独有的风景。

庆松在这儿已经躺了快两个多礼拜了。脸上的血迹已经干涸，变成褐色，看着像潦草的油漆匠胡乱的涂鸦。自打在此咽下最后一口气起，大概就把这儿当成归属之地，再没挪动过一尺。

随着第二个赶集的到来，更多的人挤到募捐箱前。据说最多的一笔，有五十多元。一个年轻小伙子被人活活打死的消息不胫而走，已经传到县城。

这让马所长有些头疼。事实上，庆松死的那天早晨，他就预感到什么了。那天他的右眼皮连着跳了三下。迷糊中瞟了眼正在酣睡的南充妹，她裹了一条毯子，侧着身子，勾出一道迷人的曲线，换做往常，他醒来都要抱着女人要一回。但那天他突然意兴阑珊，对女人失去了兴趣。

为了这事，马所长刚挨了上面领导一顿批。他颇有些郁闷，之前他在水车好歹算号人物，想不通这无数张熟悉和陌生的面孔怎么突然都站在了他的对立面。他们的募捐口号是要凑钱去市里告状。"县里已经被凶手家属收买了，要去市里才行，市里不行就去省里，或者直接去北京，去中央告他们！"这是马所长始料未及的。不就是个小流氓嘛，有错在先，谭晓利他们只是做得有些过了。谭晓利请求他不要将女儿牵扯进来。所以他想以赌博引起的斗殴为由结案。庆松好赌，赌品不好，喜欢偷鸡，这点是众人皆知的。去年底的时候，庆松就在派出所蹲过几天号子。

他原本十拿九稳。结果事情出在了抢尸上。那是温泉中心的老板王春雷出的损招："现在大家激愤的就是这具尸体。尸体一日不火化,这事就一日没办法解决。把尸体偷偷往县城殡仪馆烧了,这案件不结也得结。"

他没吭声,但觉得也不是没有道理。没了尸体,死无对证,他们闹翻天,他也不怕。他问春雷,有没有办法。春雷笑了笑,说,哥,这事包在我身上。我今晚就去找人给你办好。

事后,马所长颇有些懊悔。事先要想到这招一旦失败,将要导致的后果,他肯定不会同意春雷这么干。

庆松死后一共打了三次防腐剂。枫树那边做冰棺生意的起初颇有信心在水车推销出一具冰棺——试想一下,庆松静静卧在冰棺里,和列宁同志一样永垂不朽,这是他做梦也想不到的哀荣。抢尸事件后,募捐的人数到达了高峰,那天的募捐箱一共满了三次。罗隆老师用毛笔小楷在记账本上工工整整写着叁佰捌拾圆伍角捌分。

抢尸败露后,群情激愤。镇长再出面的时候,事情就有些失控了。成百上千的人围着简易灵堂,要求镇长和马所长给出一个说法。他们刚出现在镇中心的小广场,就被人群团团围住。镇长是个胖子,面对突然围过来的人群,两条大肥腿在西裤里瑟瑟发着抖,密集的汗珠不断从那张发酵似的胖脸上涌出来。"怎么办?走不了了。"镇长悄声说道。"等会儿增援的武警就来了。"马所长其实也有些紧张。他们几个人,带着警棍、铐子——但和农民手中的锄头耙头比,简直就跟玩意儿似的。镇长清了清嗓子,准备说点什么,突然一只破旧不堪的黄胶鞋飞了过来,直接砸在他的胖脸上。镇长呻吟一声,摸着吃痛的脸,面容苍白,几乎恼怒地朝马所长低声吼道:"看看你干的好事!"

底下的农民饶有兴趣地目睹着镇长的狼狈不堪。那张昔日趾高气扬的脸此时显得格外苍白和怯懦。镇长掏出手绢不停擦汗,另一只手做了个请冷静的手势,回头又瞪了眼马所长。

马所长清了清嗓子,这时站了出来。他一开口,底下的人倒都安静下来。他故意压低了嗓音,装出一副沉重的样子:

"老乡们,你们都被骗了……这人其实是个不要脸的强奸犯,他把谭晓利家的小姑娘给祸害了。四月份的时候,就在汽车站背后那条小巷子里……"

底下叽叽喳喳,马所长故意停顿了一下,等他们声音小了下来,才将庆松那晚在谭晓利家的事做了一番描述:

"……之前为什么不说,我们也是考虑到人家小姑娘才多大啊,今后还要上学、嫁人……这事他干得实在龌龊,太流氓了!而且不是一次两次了,这次要不是被当场抓了现行,还不知道要祸害多少娃娃呢!大家试想一下,谁家没有娃娃啊,这么小的秧苗儿,他都下得了手,何况还是个外地佬,这事要传出去,多丢人啊!"

马所长说完,人群一阵出奇的沉默。继而哄的一声,炸开了锅:

"要是这样,怎么早不说?"

"让谭晓利家的娃娃出来说两句。"

"当事人要说是那就是。"

果果就是那时被推上台的。她站在上面,怯生生地望着底下乌泱乌泱的人潮,她从没见过如此大的仗势,无数双眼睛齐刷刷地投向她，她完全不知所措，还没等得及问话，就掩面哭了起来。

冰雹就是那时毫无预兆地下起来的。如此晴朗的天气，谁也没有意识到会来一场大冰雹。冰雹先是落在覆盖庆松尸体的彩条布上。彩条布在冰雹的击打下发出痛苦的噼啪声。更多的冰雹打在人的身上。啪啦啪啦，从点到线，天空像撕开了无数道口子，汤圆大小的冰雹滚滚而来，打得人群头破血流，纷纷作鸟兽散。这场罕见的大冰雹还砸坏了派出所唯一一辆破吉普车的挡风玻璃。吃痛的人群发出嗷嗷的惊恐之声。很多人摸着头上的肿包，不可思议。活了一把年纪的罗隆老师神色凄惶地望着天空，嘴里喃喃自语："变天了，变天了啊。"

11

秋天深了。二告骑在墙上，偷看隔壁立夏家的院子。雷老头坐在小板凳上打盹。鹅群正在院子里啄食。立夏坐在地上，光着脚丫在玩泥巴。二告朝他头上扔了个泥丸，立夏抬起头，一眼就瞄见了墙上的二告。

那堵墙，少说也有百十年了，青砖所砌。墙头长着几株蓬蒿，平时蔫头耷脑，到了春天，一下蹿得老高，二告妈每年都要搭梯子上墙，砍下来扔猪圈里，是最好不过的沤肥。二告上墙从不搭梯子。墙角有棵柚子树，与墙齐高，二告三下五除二，唰唰唰就上去了。

整条石板街，没谁爬树有他厉害，二告妈说他是猴子变的。有段时间，二告爱上墙掏鸟窝。鸟爱在蓬蒿下搭窝。年年来，年年掏，年年掏，年年来，二告说，真是群傻鸟。鸟蛋椭圆，三五只，卧在松针搭的鸟巢里，还没大拇指粗。掏完蛋，傍晚鸟飞回来，绕巢三匝，发出凄厉的叫声，听得心慌。有天夏夜，二告睡得早，梦见一只黑鸟，在院子门前唤他，二告，二告！二告迷糊中下了床，光着脚丫子就往门外走。大人们还在院里乘凉，问大晚上的光着脚去哪儿呀？二告一声不哼径直要朝外走，拦都拦不住。二告妈发觉不对了，往他头上浇了碗冷水，二告打了个激灵醒来，发现自己只穿了件小裤衩，湿漉漉地站在院子里。

二告说，鸟怪找我报仇来了。立夏说什么鸟怪啊？二告说，鬼你知道吗？鸟变成鬼了，就叫鸟怪。立夏点点头，说知道，我还见过。二告说，啥鬼你见过啊？立夏说，我前几天夜里看见我叔了。他穿着白衣裳，有时在院子里；有时在街上，什么都挡不住他。二告听得脸都白了，颤声问，你叔和你说话了吗？立夏摇摇头，没有，只是望着我。二告说，他们都说你叔把谭晓利家的果果给祸害了，在汽车站背后那条小巷里，说你也瞅见了？立夏一脸茫然，摇摇头，说我记不起来了。二告有些生气，你这傻子，问啥啥都不记得。立夏这时突然想起什么，哦对了，昨晚他回来说到了鹅。啥意思？他说让我骑鹅飞回去。二告听得害怕起来，赏了立夏一个爆栗子，说你瞎说八道，庆松死了，拉殡仪馆都烧成灰了，他们说烧成灰就不能变鬼了。立夏说，怎么就不能了，我经常看见他，我还梦见过我爸。

二告说,你还有爸啊?立夏说,我爸也死了,给我爷爷绑树上抽死了。二告诧异地说,为什么啊?立夏一下茫然起来,摇摇头说,我不晓得,他们说我爸爸做了对不起祖宗的事,我爷爷气得把家里碗都摔了,后来就把他绑在树上抽,我叔叔夜里爬起来,偷偷给他解绑,被我爷爷发现了,气得把我叔叔也给抽了一顿。第二天早上,我爸爸就死了。真被你爷爷抽死的?立夏摇摇头,好像也不是,是被蛇给咬死的,蛇咬了他脚背,脚肿得跟茄子似的,乌黑乌黑的。二告说,你爸到底做了啥对不起祖宗的事啊?立夏剧烈地摇了摇头,眼里突然闪出一束惊悚的光,小跑着走了。

二告以后不敢掏鸟窝了,仍旧爬树,骑墙头,喜欢高高在上的感觉。一到墙头就称王了,整条石板街一览无余。街头靠河的地方,以前有架老水车,时间久了,变成了地标,他们说这是水车地名的由来。沿着石板街到头,往西走,去湘西洪江、怀化,往东走,则到娄底。立夏这时也蹭了过来,说,往南呢?往南去枫树。那往北呢?傻子终于把二告母亲问愣了,白了他一眼,就你屁事多。

有时二告也拉立夏上来玩。两人骑在墙上,掠过乌黑的屋檐,能看到蜿蜒东去的清江,夕阳下,河面闪耀着点点金光。他教立夏用手作手枪状,瞄准街上的行人,走近一个,枪毙一个。二告母亲猛然瞅见他们,厉声喊:"谁带他上去的?快点下来,傻子要是有个三长两短,我要把你脑袋调个方向!"

瘸子走在前面,瞎子在后。瞎子高大壮实,背着个布袋,手搭在瘸子的肩头,亦步亦趋。瞎子和瘸子一来,孩子们都兴奋起来,朝二告喊:"哈哈你家亲戚又来啦!"刚好赶上放学,孩子们纷纷拥簇着瞎子和瘸子往石板街走来。

"读几年级啦?"瞎子翻着白眼问。

"二年级。"

"三年级。"

"……"

孩子们纷纷回答,小鸟似的追逐着瘸子、瞎子转。

"二告在吗?"瞎子问。

二告低着头,故意装着没听见。

"他在这儿!"有孩子揭发。

二告害臊起来,小脸涨得通红。现在谁都晓得这对残疾是他家亲戚了。他羞于家里有这样的亲戚。瘸子一言不发,就瞎子话多,喜欢问这儿问那儿,耳朵还特别尖,问完二告父亲,又问母亲,接下来问学习成绩,二告闷不作声,问得烦了,鼻子里哼嗯一声。

"我从来都没听你叫过一声舅爷呢。"瞎子说。二告学着瞎子的样子,朝他翻了翻白眼。孩子们都哄笑起来。

瞎子和瘸子每年都要来趟水车。通常还得住上几天。二告母亲每次看到他们来就发愁。

"这对老不死的,咋又来了呢!"

稍有怠慢,瞎子就会表达不满。瞎子表达不满的方式是旁敲侧击地对二告说:"我还是你舅爷呢!我可从来没听你叫过……"这个时候,二告母亲就该从梁上取板鸭了。他们平时一个礼拜都难得吃上一次板鸭。

　　吃完饭，二告母亲将阁楼上的木板床垫上稻草，铺好床单，打了洗脸水，准算将他们安顿下来。这时石板街开始安静下来。鸡进埘，狗回家，秋蝉停歇，街上陆续响起关铺面的声音。瞎子和瘸子对脚躺下，说了些闲话，没多久都沉沉睡去。到了半夜，瞎子先冻醒，用脚踢了踢瘸子，说你冷吗？瘸子回了声冷。瞎子说，把长凳上的衣服拿过来盖吧。瘸子摸黑起来，一阵窸窣，把瞎子的衣服扔了过来。窗户外浮着一轮昏黄的圆月，深秋的凉意不断透过来，侵入骨髓。瘸子重新钻进被窝，把自己缩成一小团。瞎子说，你听到了吗？瘸子说什么？瞎子说，你听。瘸子竖起耳朵听起来，听见隔壁院子传来一阵噔噔的声响，像有人在剁东西。瘸子说，好像有人在剁什么。瞎子没说话。瘸子又说，是在剁骨头吧？瞎子说，现在几点？瘸子睁眼瞅了瞅窗外，过子时了吧。瞎子说，都这个点了，剁啥骨头呢？瘸子说，猪骨头吧，我看隔壁是家包子店。瞎子一声冷笑，说，我没瞎前，杀过二十多年猪呢。清江、枫树、石门那带的猪见了我都发抖。我听隔壁剁了很久了，这肯定不是猪，刀法不对，顺序也不对……瘸子说，那你说是什么？羊？狗？瞎子摇了摇头，又沉默半晌，说，听起来像是人，先头，再手、胳膊、脚、小腿、大腿，最后开膛破肚……

12

庆松的尸体是傍晚时分被火速拉进县殡仪馆的。

从殡仪馆出来,庆松就被雷老头捧在怀里,一路从县城回到石板街。雷老头将骨灰盒放在神龛上。神龛上摆着一个相框,有张庆松和他哥哥庆龄的合影,旁边一张是庆龄和另外一个男人的照片。男人的头已经被人戳掉,成了黑洞。穿着花衬衫的庆龄搭着他的胳膊,两只眼角都是笑意,看起来非常快活。雷老头望着照片,发了很长一会儿呆,想了许久,突然双手抱头,用力捶了捶。

立夏在院里追蜻蜓。天要下雨了,红蜻蜓飞得很低。立夏抓着网兜,满院子逮。逮着一只,用细线绑了尾巴,就成了活风筝。雷老头喊,别耍了,给我磨刀去。立夏停住,嘁嘁嘴,说昨天才磨了呢。见雷老头脸色阴郁,晓得还顶嘴,就要挨打了。

磨完刀,雷老头准备剁馅。案板上落着几只绿头苍蝇,雷老头挥刀一斩,刀稳稳扎在案板上,晃了晃,下面躺着一只死苍蝇;雷老头鼓气一吹,顺手将肉往案板上用力一摔,肉颠了一颠,拔起刀,砰砰砰,喀喀喀,开始剁馅。剁得肉沫横飞。剁得血肉模糊。立夏在旁边看得呆了,以为又惹雷老头不开心,大气不敢出。

最先出来的是窃牯仔。窃牯仔在里面关了三个月,白了一圈,说起话来没以前尖细了,似乎有意显示出一副稳重的样子。窃牯仔出来没多久,阿毛也跟着出来了。阿毛倒是变化不大,稍微瘦了些,还是大大咧咧的,三句不离娘 。最后出来的是谭晓利。谭晓利出来的时候，已经秋天了。水车的松塔迎来了一个罕见的丰收年。老远就能闻到一阵熟透的松果清香味。腰包厚实的人家购置了采摘松塔的氢气球，坐在吊篮里，气球飘起，伸手就能摘到松塔，比搭梯子轻松，还能避免意外。

一场秋雨一场寒，凉意逐渐逼近水车镇。立秋没多久，忽刮了一夜的大风，早上起来，满地黄叶，凉风袭来，穿得稳夹衣了。

谭晓利出来后很少抛头露面，整天都待在家里。也很少和人说话。别人问在里面怎么样，有没有挨过打，他淡淡地回一句，就这样，或就那样。服装店关张半年后，恢复了营业。谭晓利又开始大清早起来去株洲进货；又开始打起了麻将；又开始接送果果放学。窃牯仔、阿毛，起先也没怎么露面，到了秋天，终于按捺不住去了谭晓利家。拉了隔壁闲人铁渣，牌局又恢复正常了。

渐渐没人再提庆松。仿佛这个外地人在水车一直就没存在过。直到十月底，有人夜里又看到了庆松。穿着白色的长袍，光着脚丫，披着长发，脸白得跟粉墙似的，影子一样在石板街游荡。见到熟人，笑嘻嘻的，双目含笑，吓得人四肢发软，差点一口气没喘上来。

这年的冬天来得格外迫切，刚入冬没多久，就下了一场大雪。凛冬提前降临水车。大雪倒是有些预兆，因为立夏的耳朵提前一天就发了痒。他的耳朵一痒，第二天准会下雪。换作以往，立夏又该高兴得跳起来。他喜欢下雪。站在院子里，看漫天的雪花飘落，一朵比一朵轻柔，一朵比一朵急骤。天亮后，大雪呆立，万物无声，整个世界寂静了。他抓了一把雪，在雪地里咯吱咯吱地跑着，留下长串脚印；使劲摇摇树，落下瀑布般的雪沫。不光立夏高兴，鸡鸭鹅也跟着高兴。它们在埘里就闻到雪的味道了，一放出来，纷纷蹦跳着往雪地里扑。

现在埘里是空的，只剩一只鹅。一个礼拜前，鸡鸭摇头摆尾的，像醉酒似的，纷纷栽倒。鹅最后才倒。它们伏在立夏脚前，嘎嘎叫着，像在向他道别。眼看一只一只倒毙，立夏吓得哭起来。二告娘过来看了眼，说吃了耗子药，没得救了。立夏只哭。二告娘说，太缺德了，大冬天的谁放的耗子药呢？立夏一直哭。二告娘说，别哭了，还剩一只呢，它没吃药。立夏扭头去看，发现庆松站在雪地里，用嘴啄着雪，将头埋在雪里。立夏走过去，抱着庆松，说，我想爷爷了。二告娘说，你爷爷犯了大罪，回不来了。叹口气又说，造孽啊，从小没爹没娘的，还是个傻子，今后跟我过吧，以后管二告叫哥。立夏抱着鹅，愣愣地望着二告娘，仿佛不知道她在说什么。雪又下起来，粉末般的细雪，纷纷扬扬，给凛冬骤然添加了一丝冷意。

庆松叫了起来。嘎嘎嘎，嘎嘎嘎。立夏抚摸着它的长颈，小心翼翼地坐了上去。鹅屁股一沉，立夏跌了下来，扑扇着翅膀，将雪扇得飞舞起来。立夏这时像是想到什么，站起来，抱起鹅往外走去。二告娘说你去哪儿？立夏说，我要回家。二告娘说，你家就在这儿。立夏说，这不是我家，我家在龙山，我叔告诉我的。二告娘说，大雪天的你怎么回？立夏说，飞回去。二告娘摇了摇头，真是个傻子啊。

立夏深一脚浅一脚地往前走。他不知道龙山在哪儿。他只知道飞。他闷头闷脑往前走着。脸蛋紧贴着鹅，感觉风雪没这么凌厉了，怀里也有了暖意。这时,他看到了松树林的氢气球。它像个被人遗忘的孩子,孤零零系在树干上。立夏离开道路,往松林走去。他先将鹅放进篮里,然后解开气球的绑绳。篮子摇晃一下,震起细密的雪粉。立夏迈进篮子,气球徐徐飘升起来。飞了,飞了。立夏拍手笑了起来。气球越飞越高。飞跃松林。飞跃清江。飞跃他家的小院子。最后石板街变成一条狭长的黑线。清江也变成一条狭长的黑线。他看到底下的二告娘向他挥手。看到街上的人向他挥手。看到整个水车镇上的人都在向他挥手。立夏拍打着小手再次笑了起来。

盐湖城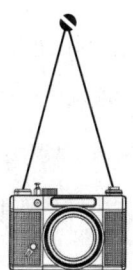

1

　　刘明汉回到枫林镇的时候，天色已经暗黑下来。最后一班公交车孤零零停靠在枫林镇机床厂旁的空地上。车上只剩他一个乘客了。五年前，去枫林镇还只有一趟公交车，现在站牌上已多出了四条线。刘明汉下了车，尖啸的西北风将路边的香樟吹得一阵阵颤抖，他使劲搓了搓冻麻木的脸，将衣领高高竖起来。戴着棉纱手套的公交车司机锁好车，握着保温杯进了马路对面的易购超市。超市窗户上结着厚厚的一层冷霜。如此糟糕的天气里，路上几乎看不见什么路人。

　　刘明汉对枫林镇的记忆还保持在五年前的样子，路面到处都是坑坑洼洼，下雨就变成一片沼泽。现在马路已重新铺过，拓宽成了四车道，连路灯也换了新的。远处新建的高楼在烟雨中宛如空中楼阁。房地产商闪亮的巨大广告牌无处不在，在寒冷的冬夜引人注目。机床厂倒是冷冷清清的，里面漆黑一团，守门的大爷大概也回家过年了。刘明汉抖索着手点燃一根烟，这时昏黄的路灯陆续亮了起来，光柱裹挟着纷飞的细雨，飘落在黝黑的路面上。

在公交车上他听新闻预告,晚上可能会有雨夹雪。

他听见身后一声清脆的刹车声,一只淋得湿透的黑猫冷不丁从路边闯了过来,车窗摇下,一个怒气冲冲的声音,×你娘,快过年了,不然碾死你!那声音听上去有些耳熟。他回头想看个究竟,只看到一辆奔驰 S600 的尾部,汽车从他身旁加速驶过,很快消失在雨雾中。透过朦胧的雨雾,能看见前方一片暗黄的灯火。灯火里有他的家。

几天前,他给萍打了个电话,告诉她过年回家。这是五年来,他唯一一次在外面给她打电话。电话比预想中的短得多。两人唠了几句,好像该说的话已说完。萍淡淡地说,回来就好,回来再说。他略微有些扫兴,以为萍会激动。至少她应该表现出一副激动的样子。

出狱后,他在街上找了家澡堂搓了个澡,买了顶毛线帽、一双棉鞋。从荒漠深处刮来的风一阵比一阵冷,似刀子刮骨,他又买了件军大衣披上,身体才暖和过来。他数了数身上的钱,还剩一千六百块。路过首饰店的时候,他想不能就这样回去,花了一千,给萍挑了一条银项链,又给儿子买了个汽车玩具。他将这些东西塞进一只破双肩包,然后买了一张长途坐票。他想马上就见到他们。

萍坐在沙发上看电视。门响的时候,她才意识到他回来了。你身上都湿了,下雪了吗?她说。他没说话,搂紧她,萍的腰肢和五年前一样柔软。他又闻到了萍身上熟悉的体香。好几年没闻到这股味了。他鼻子有些发酸,久久地凝视着她。她轻轻推开说,你还没吃饭吧?我去给你做去。

小枣已经睡了。手里还抓着电动坦克车。他进去的时候,小枣才刚学叫妈，走路不大稳，需人扶着。现在长高不少，虎头虎脑的，他几乎认不出来。他俯身亲了亲，眼泪就掉出来了。家里和五年前没太大的变化。那台三十四英寸的康佳彩电还是他们结婚时买的，现在显得寒碜而落伍了。墙上依然还挂着他们的婚纱照。镜框上落了一层灰。他有些恍惚，失神地看了几眼，好像在看一对陌生的新婚夫妇。

萍端着一盘蛋炒饭进来，给他热了两道菜，问他要不要喝点酒。他问有什么酒。啤酒可以吗？他点了点头。你回来也不和我说，什么准备都没做。萍淡淡地说。包在火车上被人偷了，没法打电话，我差点回不了家。他愤然地谴责起小偷来，狗娘养的，啥都没给我留，连释放证明都丢了。他躁郁不安地望了她一眼，刚想说包里还有给她买的项链，突然发现妻子脖子上正戴着一条。白金项链，还配着一个亮晶晶的吊坠，熠熠生辉，一看就是上档次的货。刘明汉沉默下来，低头喝着酒。电视里正播报春运高峰期的新闻。镜头前人头攒动，将广场挤得水泄不通。

他停下筷子，盯着屏幕，一张张陌生和漠然的脸从他眼前晃过。两天两夜的长途火车上，他一路昏昏欲睡，不知道包是在哪一站被偷的。到兰州时，他抬眼望了望行李架，鼓鼓囊囊的大包小包堆里，没他熟悉的那只。此后他再没睡过，计算着被偷的损失。五百块钱、一条项链、给儿子买的玩具和几件不值钱的旧衣服。他后悔将所有东西都放在包里，连小学生都知道，不能把鸡蛋都放在一只篮子里。一路上他懊恼不已。漫长的旅途中，他想到的损失就是这些。快到站时,他才猛然想起,刑满释放证明也在那只包里呢。

吃完饭,萍利索地收拾完碗筷,进了厨房。刘明汉也跟了进去。他从后面环抱着萍。手在她胸上握着。萍正在洗碗,沾着泡沫的手将他掰开,没看我正忙吗?她的声音和五年前比沙哑了些。模样倒没什么变化,腰还是腰,屁股是屁股,一点也看不出是生完孩子的样,甚至显得更丰腴俏丽些。刘明汉松开手,点了根烟,说家里这几年都还好吗?女人将碗筷放进消毒柜,撩了撩垂下的发丝说,还是老样子。你爸去年走的,胃癌晚期,大家都尽力了,他也不想拖累家里……坟地就在你妈旁边。你的那辆卡车也早转了手。钱都花在给你爸治病上了。

他靠着墙,深深地吸了一口烟。明天早上,我去给爸上坟。他说。她将手在围裙上擦干,望一眼他说,老人家临终前一直念叨着你……你可终于回来了……

刘明汉戳在那儿,长长的烟灰一截一截地往下掉。

别人家越过越红火,就我们家还是老样子……萍终于扑在他肩头,低声抽泣起来。

夜里他躺在宽大的床上,将手伸进她的睡衣,摸索了一阵。萍低声恳求说,现在是危险期,别弄在里面。他问有套没?女人佯装生气,瞪了他一眼说,你觉得有吗?

在回来的路上,他幻想着这场久旱逢甘露的盛况,然而眼前的情形却不像那么回事。身旁的人甚至让他感到乏味和陌生。他颓唐地从她身上翻下来。过程有些潦草。她摸了他一把说,睡吧,你太累了。他说是的,坐了这么长的火车,累得快散架了。黑暗中,他脑海里浮现着一望无垠的戈壁滩。荒漠的风将芨芨草吹得发了疯似的狂舞。他又想起那张睡过五年之久的单人床。她突然转过脸,偎依着他说,明汉,你能答应我件事吗?他摩挲着她的头发嗯了声。别再和贾山他们斗了。你斗不过他们的。回来好好过日子吧。他的手垂在枕边,黑暗中时间似乎沉滞下来。他说,听你的。

2

刘明汉醒来,小枣已经起床了。萍正给他洗脸。小枣愕然地望着他,见他俯身伸手要来抱自己,吓得扭头朝萍喊道,妈妈。萍说,乖,别怕,这是爸爸。小枣恐惧地瞪着萍喊,他不是我爸爸——萍忙呵斥儿子说,再瞎说我揍你啊!刘明汉抱起小枣,小枣打量他一眼,马上号啕大哭起来,使劲地蹬踏着,要从他怀里挣脱出来。也不知怎么搞的,刘明汉冷不防被儿子打了记耳光。这记耳光打得很受力,他被迫把儿子放下来,尴尬地摸了摸火辣辣的脸。小枣脚刚落地,一溜烟就跑了。萍说,儿子不认得你也正常,都五年了。他窘迫地朝她笑笑,心里更感歉疚。

吃完早饭,他去给父亲上香。夜里果然下了雨夹雪,山茶叶上盛着薄薄的一层细雪。已近年尾,过年的氛围浓了起来。大门都已贴上春联。四周不断传来爆竹声。天气阴沉湿冷,灰蒙蒙的,整个枫林镇被雨雾笼罩着。他看到那棵古香樟树被雷劈了一道巨大的口子,快要倒了。那棵树有五百多年了,是枫林镇的地标。他想起小时候,受了惊吓,母亲就会在香樟树上系上一条红布带,给他收惊。白天的枫林镇比夜晚看上去变化更大些。巨幅广告牌上写着"景林名郡——枫林区新标,万人倾心,耀世大盘"。他心里纳闷,枫林镇何时变成区了。沿街的门铺墙壁都用红油漆喷上了红圈的"拆"字。四周的高层商品房鳞次栉比,五年时间,这个他再熟悉不过的地方已让他陌生。

他在父亲的坟头跪下,抚摸着墓碑,想起父亲临终前一直念叨着他,顿时心如刀绞,悲痛不已。父亲是个老实人,干了一辈子的钳工。为了贾山的事,曾劝过他许多回,劝他不要和贾山闹翻。这些话他以前不爱听,甚至厌恶。他在父亲面前吼,你儿子也是个男人,不是个孬包!

说起来,他和贾山都是枫林镇长大的。两人还同学过几年。只不过贾山小学没念完就退了学。后来去武校学过几年。贾山曾当众表演过几次他的铁头功。国栋抓着板砖朝他头上拍去,砖头断成两截,贾山抖抖头,毫发无损,提起嗓门喊道,再来一块。

刘明汉还记得贾山小时候第一次和人干架的情景。几个高年级生合起来欺负他,贾山跑回家,抄了把菜刀过来。刘明汉对贾山当年在操场追砍人的一幕记忆犹新。贾山那一次出尽威风,再没人敢欺负他。那几个高年级生后来见他就躲得远远的。那时流行给人取绰号。"跳蚤""鸡仔""大牙""山贼"什么的,没人逃得掉。刘明汉的绰号就拜贾山所赐。刘明汉长相斯文，性格也像女孩子。贾山就给他取了个绰号，叫"同性恋"。这个绰号伴随刘明汉度过漫长而阴郁的青少年时期。后来整个枫林镇的同龄人都这么叫他，他的名字倒少有人提及。

他憎恨这个绰号，更憎恨给他取绰号的人。他也给贾山取过绰号，叫"铁滚"，但是从没人敢当面叫他。

知道刘明汉回来的人越来越多。刚给父亲上完坟，在路上他就遇到了国栋。国栋还像以前的老样子，高瘦，两个眼窝暗淡无光，永远一副毒瘾发作的样子。他进去前，国栋成天跟屁虫一样跟着贾山混。他记忆中的国栋还在骑电动车，现在鸟枪换炮，座驾变成了凯美瑞。国栋降下车窗，说上哪儿，载你一程？刘明汉说，几步远，马上就到家了。国栋伸手递来一根烟说，前两天我就知道你要回来了。刘明汉推辞说，戒了。大男人戒啥烟啊，在里面多辛苦啊，好不容易出来了嘛——国栋显然话里有话，一直盯着他的目光不放。刘明汉接过烟，说你还是老样子。国栋说，老样子证明我没混好嘛，你进去这几年，大家变化大着呢！刘明汉说，没混好的是我，你们都混得比我好。国栋说，你回来也不打声招呼，马上年底了，贾山让我给你捎句话，他年前想请你吃个饭。刘明汉掏出火机，点燃烟，思忖一下说，你代我回去和他说，年底大家都忙，就不必麻烦了。国栋说，明汉，大家从小一块儿长大的，过去的事就过去了吧。话我给你带到了，去不去随你啊！

3

　　刘明汉前后共去了两次派出所。情况比他想象的要复杂些。事情卡在那张刑满释放证明上。负责户籍办理的是个刚从警校分配下来的年轻警察，姓陈。他进去还没聊两句，陈警官说，你就是那个同性……刘明汉？眼里滑过一丝异样的笑意。他有些惊疑，瞅了眼年轻人，并不认识。他把释放证明丢失的经过说了一遍。陈警官一边听着，一边把玩着手中的圆珠笔。不待他说完，就打断说，你这事特殊，我得请示下领导。他的领导就是雷所长。雷所长那天不在，陈警官就说，你改天再来吧。

　　第二次去，刘明汉依然没见到雷所长的身影。年底了，派出所显得比往常更为忙碌。陈警官正埋头整理资料，见刘明汉又来了，说，我给你请示领导了，你这情况办不了，不符合政策。刘明汉心里一紧，递给他一根烟，陈警官摆摆手，说不会抽。为什么办不了呢？刘明汉说。这是国家规定的。没有这东西，谁能证明你是这儿的人？去年枫林镇就撤销了，现在是枫林区了，想落户到这里的人排着长队呢！刘明汉忍着怒火，强颜欢笑说，我从小就在这儿长大，这儿的人都能证明我是枫林镇的。那你拿出证明来嘛！陈警官很干脆地说道。刘明汉愣了下，知道再纠缠下去也不会有结果，就问雷所长在不在。陈警官说，你找他也没用。我又不是雷所长肚里的蛔虫，我怎么知道他在哪儿，现在都快下班了。说完继续埋头整理资料，不再搭理他。

他从派出所出来，虽然才中午，但天色灰蒙蒙的，感觉快要黑下来了。冷风飕飕地往衣服里灌，他搓着冻僵的手，心里一片茫然。

他给国栋打了个电话。问他在哪儿。国栋那边一片嘈杂声，听上去像一桌人在喝酒。国栋没说他在哪儿，反问刘明汉的位置。刘明汉说刚从派出所出来。国栋说，你是在找雷所长办户籍吧，他在和我们喝酒呢，你过来吧。

刘明汉招手上了辆夏利出租车，开车的女人戴着一顶印着欢庆香港回归的鸭舌帽，裹着围脖，将脸遮掩得严严实实，只露出两只眼睛来。上哪儿去？女人问。中天酒店。他说。上那儿吃饭啊？她说。他嗯了声。女人将围脖扯了扯，露出大半边脸庞，笑着说，老同学，你真不认得我了？刘明汉哦了一声，脑海里飞速地搜寻。他一着急，记忆更显混乱。女人浮出的笑意慢慢隐退，说老同学真是贵人多忘事，李晶嘛！刘明汉忙自责地说，李晶！我记性是越来越不好使了。他一下子想起那位坐他前桌满脸雀斑的女孩了，那时他们从不叫她李晶，只叫她粉猪。这么多年，她的块头变本加厉，快比得上他两个了。李晶说，老同学你一点变化都没有嘛！刘明汉说，你戴着围脖，刚没认出来。李晶说，你们都是发大财的人，认出我也会装作不认识吧！刘明汉摆摆手说，我发哪门子大财哦，同学里就我现在混得最差了。李晶说，你还狡辩，中天酒店一桌子菜就够我忙活一个月了，普通人没事哪上那儿吃饭。刘明汉说，我也去不起嘛，我是去找人。李晶说，我才不信呢，你就怕我到时找你借钱吧！你找我借钱可就找对人了，刘明汉自嘲说。他倒是想起另一事，说你之前不是在机床厂的嘛，怎么跑出来开出租了？李晶说，你这人是真没记性吧，机床厂都倒闭三四年啦，连设备都拆了卖掉了。你还记得我们那个叫贾山的同学嘛，他现在大发了，机床厂的地皮被他买了，过完年这儿就要拆啦，听说要建个大型购物中心，今后买东西就用不着进城了！刘明汉静静听着，没说话。李晶像想起什么，说，我听别人讲，你和贾山有些过节，是不是真的？刘明汉说，别听人瞎传，都过去的事啦！正想把话题引开。李晶依然没放弃，说，我听人讲你去青海买枪的事，真有种啊，同学时我怎么没看出来。不开玩笑，很佩服你的。现在枫林镇——哦如今是枫林区了，已经是贾山的天下了，没谁动得了他一根毫毛。

到了中天大酒店门口，刘明汉问多少钱，李晶笑呵呵地说，老同学你这不是要打我脸嘛！有空改天再见。说完加了把油门走了。

包厢里烟雾缭绕，他一眼就看见了主座上膀阔腰圆的贾山。几年不见，他显得更粗犷了些。雷所长挨着他坐着。国栋陪坐。其他几人都面生。七八个人正推杯换盏，酒局正酣，见刘明汉进来，一齐安静下来。贾山哈哈一笑站起来说，同性……老同学啊，好久不见！走过来伸手要握。刘明汉没有动，贾山的手悬在半空，又落了下来，很自然的样子。他拍了拍刘明汉肩膀说，老同学的脾气真是一点也没变啊！还没吃饭吧，过来喝杯酒，趁着雷所长也在。刘明汉说已吃过饭，转身想走，发现雷所长正静静注视着他。雷所长说，你不是有事找我吗，怎么见到我就要走了？刘明汉只好硬着头皮坐下，挨着国栋。喝了酒的国栋面色红润了些。他责怪国栋，说你怎么不告诉我贾山也在。国栋说，刚好碰上嘛，再说你也没问我都谁在啊。这八人中，大多数他都不认得，也没人给他介绍。刘明汉尴尬地坐着，后悔自己冒冒失失就过来了。

贾山说，老同学啊，你现在面大啊，请你吃个饭比请雷所长还难！雷所长说，你这人净说瞎话，你哪次叫我没来过？贾山笑笑说我说错了，敬你一杯酒嘛。目光却落在刘明汉脸上。刘明汉被他盯得无所适从，两只眼没地方落。刘明汉越是躲闪，贾山就越紧盯着他，像狮子盯上了肥美的猎物。

整个酒局，刘明汉浑身不自在，如坐针毡。他倒了一杯酒，走到雷所长身旁，刚举起杯说到户籍的事，雷所长头一偏，朝他斜睨一眼说，你的事我知道，先别急，我这人工作时不谈喝酒，喝酒时不谈工作。刘明汉忙点了点头。雷所长笑着起身拍拍他肩头，提议贾山也起来和刘明汉喝一杯。贾山端着酒杯站起来，说听老兄的。雷所长说，碰个杯吧，之前的事就算过去啦，要以发展的目光看问题！你好我好大家好！大家一起附和着说好。贾山举起杯，朝刘明汉笑了笑说，老同学，这杯酒，干了吧？刘明汉望了望雷所长。雷所长已经坐下，手中夹着烟，眯缝着眼看着他们。一桌人的注意力都聚焦在刘明汉身上了。刘明汉机械地举起杯，没和贾山碰，也没说话，一口先干了。贾山深深望了刘明汉一眼，一仰脖子也干了。雷所长带头鼓起掌，包厢很快哗啦啦地响起一片掌声。雷所长兴致高了起来，说这叫"杯酒释前嫌，一笑泯恩仇"。要贾山和刘明汉相互笑一笑。有人掏出手机，要记录这特殊的一刻。刘明汉微露羞恼之色，那边贾山脸上始终浮着笑意。只等他来呼应了。刘明汉突然有些焦躁起来，觉得这一切都像是事先安排的，故意要让他下不了台。

两人就这么僵持着，包厢一下又沉寂下来。贾山笑着说，我这老同学从小就不爱笑，内向，像个女孩子。你看他在青海那鬼地方待了好几年，紫外线那么强的地方，皮肤依旧还那么白净，哪像我们个个皮糙肉粗的。小时候我们不懂事，老爱给人取绰号，他们背后管我叫铁滚。这些鬼，当面从不敢叫。贾山像来了兴致，大声朝国栋说，明汉叫什么来着，我忘了——国栋不大情愿，反问刘明汉说，是叫同性恋吧？一桌人都笑。贾山说，对，就叫他同性恋，那时都小嘛，懂什么叫同性恋啊！到现在我其实也不大懂。说完望着刘明汉说，明汉虽然长相秀气，但他儿子长得可虎头虎脑的……哦我不是这个意思，我是说明汉虽然斯斯文文的，可你们千万别被他的外表蒙蔽了。整个枫林镇，我敢说除了明汉，还没谁有这个胆要买枪杀人的。

雷所长打断他的话，说又来了，又来了，过去的事就别再提啦！贾山重又斟满酒，朝刘明汉举了举说，明汉，冲这点我敬你一杯，在枫林镇，你是第一个扬言要杀我的人。现在要搞我的人多了，但你是第一个啊！我也纳闷，我和明汉也没什么血海深仇啊，我那时不就拆了几幢破房子嘛，又不拆你家的，你出这个风头干啥呢？你他妈要是现在振臂一呼，都能组成一个敢死队来了。可我现在寂寞啊，再没像你这样明目张胆说要杀我的人了，他们顶多背地里骂骂嘴使使坏而已。你才是真正的好汉！

雷所长夺过他酒杯，说你醉了，妈的今天喝得可真够多，四瓶茅台都见底了。再喝就醉了,快两点了,撤了吧!大家纷纷起身,一阵挪椅子的声音,雷所长最先出了包厢。刘明汉紧跟其后,被国栋叫住了。国栋说,先留步,等会儿再走。人都走清了,只剩贾山还坐在包厢的皮沙发上。刘明汉说,有什么事就快说,我还有事要忙呢!贾山说,老同学有事也别急这一时嘛。他拉刘明汉坐下,从兜里掏出一个厚厚的牛皮纸信封说,老同学,快要过年了,这两万是我一点小心意,拿着过个好年。刘明汉说,你收起来。国栋说,明汉你刚出来,经济上不宽裕,这也是贾哥一番好意嘛。刘明汉脸色更显阴郁。我去当乞丐也不拿他的钱。国栋说,明汉这就是你的不对了。今儿贾哥已给足你面子了。贾山将钱扔在茶几上,点了根烟说,听说你的释放证明丢了,要不要我和雷所长打声招呼?国栋说,雷所长也不是吃素的,这年头办点事没那么简单,这钱你先拿着吧。刘明汉说,你们说完了吗,我还有事,先走了。他刚转身,听见身后传来一声脆响,玻璃杯的碎渣先他一步飞出门外。贾山说,当我怕你吗?你以为买枪那点小动作能瞒得过我的眼?别他妈给脸不要脸,敬酒不吃吃罚酒啊!刘明汉没回头,径直走了。

4

凌晨五点半,刘明汉下意识地醒了。在里面的几年,他的生活作息比钟表还要规律。萍和儿子还在熟睡。窗外昏沉,天刚麻麻亮。

自从腊月以来，枫林镇成日阴雨绵绵，天一直没开过眼。刘明汉想起办户籍的事就再睡不着，靠着床头，点了一根烟，看着熟睡中的妻儿。小枣的小手露出被子，肉嘟嘟的，他把被子拉了拉，将儿子的小手放回被窝。他细细地端详着小枣。越看他心里越忐忑不安。"虎头虎脑"。他厌憎这几个字。儿子的五官在某一刹那全部错位了，让他慌乱。这时萍也醒了，她揉了揉眼，抱怨说，大清早的抽啥烟啊，呛死了。他将烟摁灭了。心里隐隐不快。他起身去洗漱，对镜子发着呆。刚挤好牙膏，一不小心，牙刷刚好掉进洗脸台的夹缝里。他弯腰伸手在地上摸了摸，没摸到牙刷，倒是从缝隙中摸出一个软哒哒的东西来。那是一只使用过的避孕套。他不知道这是谁的遗产。他唯一能确定的是除了卧室，萍和自己从没在其他地方做过这事。刘明汉悄无声息地将套子放回了原处。他想象那个人在镜子前抱着妻子时的情景。突然觉得恶心，一种无法向人诉说的恶心。

雷所长终于同意在他的办公室和刘明汉见了一面。刘明汉提着一个编织袋，里面装着两瓶从镇上买来的酒鬼酒和一条芙蓉王烟。买烟酒的钱还是萍给的。知道他今天要去找雷所长，萍说不能空着手去，买点东西吧。刘明汉接过钱，默默地装进兜里，心里像打翻了一个调味瓶。

他将东西放在他办公室的茶几上，叫了声雷所长。雷所长示意他坐下。他递上烟，雷所长已经自己掏出一根叼嘴边了。我习惯抽自己的，他解释说。你的情况我了解，不是不帮你这忙，政策要求是这样，没办法的事，没这纸证明，谁能证明你是刑满释放的还是擅自逃出来的？你说是不是？雷所长觉得自己说到了点子上，点燃嘴上的烟，盯着他说，所以你必须得想想办法，让那边给你补一张……这话对刘明汉而言，像是判了死缓。他的语调听起来像个女人的，雷所长，能不能帮个忙，通融通融？雷所长说，不是我不通人情，你还是贾山同学，按理这个忙我是得帮，但没办法呀，现在上面规定得严，一切都得按规章制度来，我这小小的派出所所长算条卵，你求我没用。你去补个证明，证明来了，我雷某立刻给你办了！雷所长一副公事公办的样子。连刘明汉的编织袋都被原封不动地挡了回去。

回到家，萍问事情办得怎么样了。刘明汉将编织袋放在桌上，打开一瓶酒，咕嘟咕嘟就喝起来。萍说你这人怎么这样。刘明汉心里越想越气，他不仅在生雷所长的气，也在生自己的气。明知道雷所长和贾山是穿同一条裤子的，他还傻乎乎跑去求他。他觉得刚才在雷所长面前的样子越来越像条狗。萍还要说什么，他斜了她一眼，说今天怎么不戴那条项链了？萍拉下脸，说，我想戴就戴，不想戴就不戴，难道还要向你请示吗？刘明汉将酒瓶重重地往桌上一顿，望着她，脸上浮起古怪的笑意。萍说，你朝我发什么疯，这几年我带着孩子，过得容易吗？别人都劝我和你离了，我都没动摇，你还这么待我！说完呜呜哭起来。小枣见母亲哭了，朝他瞪起眼睛，嚷道，不许欺负我妈！女人一哭，刘明汉心里一软，也慌乱了。他满脸歉疚地呆坐着，心里有很多话想和她说，却一句也说不出来。

五年前，刘明汉怀揣着四千块钱，在青海德令哈的牧民手中买到一把手枪。花了两千六，还送了他十发子弹。试枪时他打了一发子弹。那是他这一辈子第一次打枪。枪口飘起一缕蓝色的青烟，偏离靶心太远。那个牧民操着一口"青普"说，第一次摸枪吧，接过他的枪，利索地上好膛，啪的一声脆响，远处的啤酒瓶炸开一朵花。他将枪弹装进兜里，在几十里外的小旅馆过夜，准备第二天返回。夜半时分他被敲醒，几支强光手电筒照得他睁不开眼。等他清醒过来，他已经戴上冰冷的手铐。自始至终，刘明汉也没弄明白，到底是哪个环节出了问题。

他被判了六年，后来表现努力，获得一年的减刑。他学会了辨认骆驼刺、碱蓬、芨芨草和红柳。那五年都是在劳改营度过的。劳改营其实就是个大得无边的农场，里面有电厂、粮食加工厂、商品站、邮局、银行、机械修配厂、汽车运输队、机耕大队、基建队，还有子弟学校、农业试验站、戏剧团、医院，等等。在里面这么长时间，他也摸不清里面到底多大。除了睡觉，他们每日都顶着烈日在地里劳作。雪山融化的雪水汇入巴音河，让这片绿洲变得生机勃勃。他们在地里种植小麦、青稞、豌豆、洋芋和向日葵。这里昼夜温差大，白日酷热难当，夏夜也得盖棉被。

白天很忙，没工夫胡思乱想。夜里天空极其澄净，满天繁星低垂平野，能听见荒漠深处传来的野狼长啸，那才是刘明汉最孤寂难熬的时光。他想孩子，想老婆，想家中的老父。但凡想起这些，他就懊悔交集。他有一万种说服自己不去和贾山作对的理由。买枪也不过是想吓唬吓唬他。在枫林镇，贾山才是座真正的大山。是座刘明汉做梦都想翻过的大山。

最初是龙老太太来找他，说，明汉，你是我看着长大的，小时候我还给你换过尿片呢。现在贾山要征这块地，我房子保不了了，你和贾山是同学，你替大娘去说说吧。

这个请求他推辞不过。龙老太太不仅给他换过尿片，他小时候还吃过她的奶。他母亲奶水不够，他是吃龙老太太的奶长大的。小时候犯了错，家里人要打他，他拔腿就往龙老太太那里跑，在那里他可以安然无恙地躲过父母的责打。

更多的街坊过来央求他。他懂得唇亡齿寒的关系。拆了他们的，说不定下一家就轮他头上了。给他们帮忙，其实也是给自己留条退路。大家最不满意的是拆迁的价格，在这个问题上，对贾山的意见最大。他们打听到的小道消息，枫林镇将来有可能纳入城区，那时地皮会涨好几番。贾山出的价钱和他们预期的差上一大截。

五年的漫长劳改中，刘明汉不止一次为去见贾山而感到后悔。那是一次让他深感羞辱的会面。贾山不仅没答应他们的请求，还将他挖苦贬损了一通。

刘明汉说明来意。贾山冷笑一下说，就凭你？我这手续齐全，天王老子也不敢拦我，就你他妈的跟个老娘们似的，也敢跟我对着干？我明天就当着你面把他们房子拆了，你信不信？

那一刻刘明汉心里就和贾山较上了劲。他觉得这件事，自己要迈不过贾山这道坎，这一辈子也就休想了。

和贾山较上劲的刘明汉像头倔驴，任谁劝说也没用。强拆那天，他带领大家去抗议。他被几个保安看管得死死的,他刚冲上街,就被套进麻袋里,挨了一顿闷头乱棒,打完被扔进一间腐臭难闻的地下室里,半夜才放出来,这时龙老太太和其他几人的家都被拆成一堆废墟了。

这口气,刘明汉没法咽下去。他在家躺了两天,反复看了好几遍吴宇森导演的《喋血双雄》《英雄本色》。他想象自己拿枪抵着贾山的脑门,贾山缓缓朝他跪下求情的场面。他想起几年前跑长途货运去青海时,听说那边买枪要比内地方便。他动了心,决定去趟青海。拥有枪,就拥有了权力。

5

这个年过得相当清冷。正月初六,刘明汉起了个大早,决心再去一趟青海。去青海前,刘明汉听从了萍的建议,先给监狱那边打了个电话。电话还真接通了。那边的声音懒洋洋的,断断续续地听他讲着。他能听见电脑传出的欢乐斗地主的声音。你过来吧,今天还没正式上班,领导不在。那人说道。他还想问几句,那人不耐烦起来,说这么大事你不来,我电话里怎么给你补办?刘明汉觉得别人说得有些道理,挂掉电话,决定亲自去一趟。

现在这个释放证明,对于他而言,突然变得意义非凡起来。他想贾山和雷所长他们是吃准了他拿不出这纸证明了。他暗下了决心,这次不仅要拿回释放证明,而且还要拿回自己的尊严。他在枫林镇出生,死也要在这块土地上。他想起雷所长那暗含深意的目光,心里就像吃了苍蝇一样恶心。

我必须亲自去一趟。他对萍说。只要那边肯重新给我开具证明,我就不用求那群孙子了。那边要不肯重开咋办?萍说。我的刑期已满,是合法释放,他们没理由不给我重开!为了表示对萍的质疑不满,他又高声说了句,难道他们还让我回去坐牢?!萍不再说什么,问他需要多少钱。刘明汉说,给我来回的车旅费就行了,我快去快回。

漫长旅途中,熟悉又陌生的风景再一次从窗外掠过。列车穿过湿冷的南方,进入广袤的西北,离青海越近,他头脑就越清醒。记忆仿佛复活了。他像回到了阔别已久的旧地。冬天洁白的雪山、枯黄的草地、荒凉的戈壁滩、沉默无语的沙丘、高悬在旷野上空的皎月,这一切都让他莫名地怀恋。他以为再也不会回来了,没想到竟回得这么快。在长达四十多个小时的旅途中,他不断回顾五年的劳改生涯,想起在里面结识的狱友。他和一个绰号叫大石头的酒泉人最要好。大石头真名李大石,人如其名,一米八的壮汉,面如重枣,声若洪钟,有一身惊人的蛮力,像《水浒传》里的好汉。他是牢霸,刚进来的时候,刘明汉没少受他的欺负。他们关系的转折是一次劳动休憩的时候,葡萄架的水泥柱突然倒了,正在假寐的李大石浑然不觉,眼看就要砸到他,旁边的刘明汉眼疾手快,奋力推了他一把。刘明汉因此压伤了脚,有两个月走不了路。那两个月李大石对他的态度明显好了起来。两人成了好友。有了李大石罩着,那五年,再没人动过刘明汉一根毫毛。

李大石犯的是抢劫罪，判了十五年。他们一共三个同乡，持枪去抢一个私营的金矿。对方早有防范，手里也有枪，他们没占到便宜。李大石当夜从酒泉逃往青海的茶卡。到了茶卡就到了他的地盘了。他说在那里有个相好，湖北仙桃人，他叫她小仙桃，两人在一起很多年，虽未成婚，但也只差个夫妻的名分。那里有个盐场，需要人干活，还能挣点苦力钱。

李大石问过他犯的事。说没经验的人才去那儿买枪。他不解，问原因。李大石笑笑，以后要枪，到茶卡来。去找老七，报上我名字，包你成！刘明汉说，进来一次就够了，不想再进第二次了。李大石大笑。

闲暇的时候，李大石常和他说起茶卡盐湖。黄昏的时候，天是紫罗兰色，人站在盐湖里，就像站在巨大的镜面上。你再也找不到一处地方有茶卡盐湖那么澄净通透了。他把茶卡盐湖描述得像仙境一样，勾起了刘明汉对盐湖无限的遐想。

刘明汉出狱的时候，李大石还有七年的刑期。他心里无牵无挂，唯独对小仙桃念念不忘。说她说好会在茶卡等他出来的，到时和他结婚。李大石嘱咐他出去后，务必去趟茶卡盐湖，帮他看下她还在不在。刘明汉答应了下来。

初八这天，刘明汉又回到曾待过五年的地方。人不能两次踏入同一条河流。他想起初中时看到的一句哲人的话。春节假期后第一天上班，办公室还洋溢着节后的喜悦。他们商量着晚上上哪儿喝场大酒。他的闯入破坏了这种氛围。他们愕然望着他,办公室一下静了下来。他说明来意,将之前在枫林镇派出所说过的话又在这儿复述了一遍。

事情虽然费了点周折,但是比他料想的要好。狱政科那个快退休的女人告诉他,释放证明是不能补办的,一证一号,出了监狱就不能再重新开,这是规定。他听完头皮麻了麻,僵立在那儿,半晌说不出话来。她问他从哪里来。他说了。女人迟疑了下,说原则上是不能补办的,看你这么远跑一趟不容易,我给你出具一份复印存根,盖上章,回去也一样有效。他感激地望了女人一眼,心头一热。女人说,这次可别粗心大意又弄丢了,再丢我也帮不了你了。刘明汉忙说,丢不了,不会再麻烦您了,将存根证明贴身收了,朝女人道了谢,走出门。

天空湛蓝如洗,阳光照着山上的积雪,发出星星点点的银光。他怀揣着存根证明,心里如释重负,长出了一口气。他想有了这纸证明,他就不再畏惧谁了。他想想自己在雷所长办公室里的熊样,顿时倍感羞辱。他为自己进雷所长的办公室大感懊悔,想明知道对方在看自己笑话,依然还傻子一样往笼子里钻。

6

路过乌兰的时候,他突然想起李大石交代的事。他问火车在茶卡停不停。邻座是个穆斯林,瞟了他一眼说,茶卡没火车经过。告诉他,如果想去,从乌兰下车,有大巴通往茶卡。刘明汉谢过,心想既然火车到不了,就没必要去了。再说他身上带的钱也不够久待。想到这儿,他心里豁然开朗起来,觉得欠李大石的承诺似乎也兑现了。

现在他只想早点回家。回到萍的身边。回到儿子的身边。老婆孩子热炕头,人生最大的幸福也不过如此。他想等事情办完了,他要和她来一次推心置腹的长谈。聊他在里面的生活,聊那么多孤寂的长夜,他是怎么苦熬过来的。他也想听听她这些年的生活。他想起盥洗台下面的那只避孕套,想起那软绵绵凉嗖嗖的橡胶体,胃就痉挛。但这都是过去的事了。只要她不说,他决意不会再提。他只想重新过回曾经的生活。又想他要是没被弄进去,一切也不会像今天这样糟糕。这胡思乱想了一路。到枫林镇的时候,天色微亮,朝霞初泛,空气清洌,新的一天开始了。

当天刘明汉就去了派出所。接待他的依然是那位陈警官。他小心翼翼掏出那纸证明。陈警官接过证明,只扫了一眼,双手在键盘上敲了敲,马上将存根证明丢还给他,说,查不到你的身份信息。刘明汉盯着电脑屏幕,惊讶地说,你再试试。陈警官再试一遍,朝他不耐烦地说,查无此人,你的身份信息这儿没有!刘明汉将手从裤兜掏出来,指了指电脑说,那我的身份信息跑哪儿去了?陈警官倒不急躁了,说我们这里查不到你任何信息。见刘明汉目光有点不对劲,说枫林镇已经撤镇设区两年了,户籍信息兴许出了差错,劝他去枫林区公安局问问。

刘明汉从派出所出来，直奔区公安局。他想这一定是个误会，户籍档案里不可能没他身份信息。他赶在午休前，跑到了区公安局。那边的户籍查询结果和陈警官说的如出一辙。查无此人。刘明汉呆若木鸡，感觉全身上下每个毛孔都在冒汗。他摘掉帽子，头发被汗水粘成一绺一绺的，冒着白气。他语无伦次起来，说，您……再查……查看。那边已经失去了好脾气，朝他不客气地说，再怎么查也没有，这里压根没录入你任何身份信息！刘明汉心里的火忽地腾起，歇斯底里地说，那之前你们怎么给我办的身份证？！那边愣了愣，反应过来说，对啊，你的户籍证明呢？你拿来嘛！你把之前的身份证拿来，我们就能给你补办。刘明汉一下又愕然了。他记得自己的户口本丢失多年，拖延着没去补办，而他被捕的时候，身份证却是随身带着的。还是第一代身份证，当时夹在钱包里，里面还有几张银行卡和萍的合影。它们在哪儿丢的，现在又躺在哪儿，刘明汉心里一下茫然起来。

是个大晴天，天空瓦蓝，连东南方向平日难得一见的麓山也一览无余。广场上有孩子在放鞭炮，每响一声，他心里就咯噔一下。他想起出狱那天，也是这么一个晴朗的好日子。监狱干事将他带出牢房，走到监狱大门口时，守卫大声询问他："名字？哪儿人？何时入狱？判多少年？"刘明汉在里面五年，无数次回答这问题了，最后一次询问，他回答得没有以往那么响亮，但每一个字都说得掷地有声。说完有种说不出的轻松感。出狱的前夜，他辗转难眠，兴奋得整夜睡不着，将陪伴五年的判决书、减刑裁定书全撕了，告诉自己总算熬出头了。他将这些晦气的让他不堪回首的物品，全扔进了记忆的垃圾箱。

眼下,唯一能证明他身份的东西,在这个晴朗的冬日却变成废纸一张。他没法接受这种好天气的馈赠。很多人将麻将桌搬到室外,享受着这久违的阳光。到处都有人在翻晒棉被。他想萍一定也在阳台上晒被子了。他想象夜里闻着充满阳光气息的被子入眠的景象,顿时有些感伤和凄凉。

7

他不知道李晶是什么时候发现他的。李晶的夏利出租车就停在马路对面,他本想装作没看见,低头走过去。但是李晶已经发现他了,朝他摁了几声喇叭,喊道,老同学,好几天不见啦,上哪儿去?他只好硬着头皮朝她慢慢走过去。她穿件火红的紧身羽绒服,戴着绿色毛线手套。胖圆脸冻得像只红富士,眼睛眯成一条缝,笑着说,这几天都没看见你人影呢。刘明汉说,去外面办点事,刚回。李晶说,怪不得,前几天同学聚会,去了很多人,我还以为你也去了呢。刘明汉说,你去了吗?李晶自嘲地说,他们怎么会叫我,我去还不给他们丢人现眼嘛。

刘明汉上了车,让她载回家。李晶和他同学的时候,就是个有名的话痨。这么多年来,一点也没变化。话匣子一打开,就没完没了。问他现在的工作、收入、未来的打算、家庭,问得刘明汉只想跳车夺路而逃。李晶显然没有料到这点,说老同学你还是以前的老样子,不爱说话,像个姑娘。刘明汉尴尬地笑笑。说话间,就到了。这回他坚持付了钱。李晶见他真掏钱,嗓门也大了起来,说,老同学你这不是见外嘛!钱却还是收了。

小枣拿着一只遥控直升机,在门口玩得正起劲,刘明汉喊了声小枣。萍在翻晒被条,循声朝这边望来。李晶和萍相视一下,脸上的笑容突然凝固起来,低声问刘明汉说,这是你老婆?刘明汉回答说是。李晶说,你老婆好漂亮啊!刘明汉见李晶表情有些古怪,说,认识吗?李晶说,眼熟而已,我在中天酒店门口碰到过几回。你老婆和贾山好像还蛮熟的。见刘明汉脸色瞬间变得很难看,赶紧指着旁边正在玩耍的小枣说,哎哟这是你孩子啊?都这么大了,多可爱啊,长得真像你!

那天下午,刘明汉坐在父亲生前住过的房间,抽了整整一包烟。父亲的房间还保持几年前的原貌,几乎没怎么动过。他失神地坐在父亲常坐的那张藤椅上,想起父亲,眼泪不觉就流了下来,只恨自己的无能和无知,连见父亲最后一面的机会都没有。父亲是机床厂的一名钳工,只读到小学,但是个聪明人,喜欢看风水和算卦,平时爱钻研这个。每月初一、十五,父亲都会给列祖列宗上香茶,烧纸钱。现在神龛上冷冷清清,香炉里连灰都倒掉了。他翻看着父亲的遗物,无意间在一本看风水的书里,看到一张纸条。上面写着:

明汉我儿,我日子不多了,你远在青海服刑,我恐怕等不及你回来了。最不放心的就是你。没人看得到自己的后脑勺,不要太在意外面的风言风语,回家好好和萍过日子。凡事一定忍耐三分。

刘明汉心里细细地揣摩着父亲的绝笔,心里顿时百感交集。又想这应该算得上是父亲给他的遗嘱了,这么重要的信物,为何要藏在如此隐蔽的地方,不交给萍呢?刘明汉越想心里越复杂。这时萍上来了。她诧异地望着他,说大半天的怎么不见人影,原来坐这里。刘明汉说,爸去世前有没有什么嘱咐?萍摇了摇头,说他痛成那样,还能说什么,都讲不出话来了。刘明汉不语,起身下了楼。

这几天,小枣倒是和他熟了些。玩得开心的时候,也愿意让他抱。他仔细端详着儿子的长相,心里想着李晶说的那句话,"长得真像你",他越想这句话越不对劲。

小枣的肤色既不像萍,也不像他。嘴唇倒和他有些像,厚实,眉毛似乎也有点他的影子,但眼睛一点也不像他。他和萍都是双眼皮,唯独儿子是单眼皮。刘明汉心里常冒出那个可怕的念头,无人的时候,就捧着小枣的脸细细察看。小枣乌溜溜的大眼朝他做着各种鬼脸,嘻嘻地笑着。刘明汉想,这一定不可能。他忐忑不安的神情到底让萍察觉到了。萍抱过儿子,问他怎么了。他说户籍系统里查不到他的身份信息。萍安慰说,不行再打电话问问监狱那边怎么办。他沉默着,将手搭在妻子肩上,俯身又吻了吻儿子的脸,眼睛湿润,背过身去,悄悄用袖子揩掉。

狱政科的电话接通了。里面刚说第一句话,刘明汉就听出是那女人的声音。他支吾着把情况说完。女人的声音明显带有几分不快。女人说，从被捕、起诉到入狱中间十几个环节，你怎么确定身份证就是我们弄丢的？总之，存根证明也给补过了，该办的手续也给你办了，现在你和这儿没任何关系了。说到后来，女人不仅激动，甚至有些气愤了。

萍说，要不找人疏通疏通关系？刘明汉两眼茫然，说，找谁？萍刚想说雷所长，话还没落音，刘明汉就暴跳如雷起来。你和贾山到底什么关系？他指着萍说。萍说，你什么意思？刘明汉冷笑说，什么意思你还不懂？别以为我坐了牢，什么也不知道。萍推了把刘明汉说，今儿你可把事情给我说明了，我和他怎么啦？萍杏眼圆睁，做出一副誓不罢休的样子。刘明汉说，你不知道贾山和雷所长好得穿一条裤子吗，我找雷所长，还不如直接去找贾山呢！萍说，你听谁说我和贾山的坏话了？！刘明汉就不作声了。这边萍气呼呼的，别着脸坐在沙发上，继而将头伏在膝盖上痛哭起来。刘明汉心里也堵着一口闷气，心想这乱糟糟的局面，想还不如回监狱好。

8

拆迁队的挖掘机轰轰隆隆地开进了机床厂。拆迁的消息传出后，很多人为了最后再看眼机床厂，一大早就赶了过来。天空飘起细雨，围观的人们打着伞，或披着雨衣，看着拆迁队的庞然怪物从工厂大门鱼贯驶入，柴油机的巨大噪音响彻机床厂的各个角落。风风雨雨四十多年来，枫林镇曾最引以为豪的东西，就是这个有着一千多职工的机床厂了。围观的人很多曾经都是机床厂的职工或家属。贾山的奔驰S600一大早就停在外面的坪地上。国栋举着一把黑色的雨伞，替贾山挡着飘落的雨丝。派出所几乎全体出动了。几辆桑塔纳和帕拉丁警车在旁静候，随时待命，警灯在灰蒙蒙的雨雾中不停地闪烁着。一些对机床厂怀有感情的职工不同意拆迁，尤其是那些在这里干了一辈子的老职工。他们既没打伞，也没披雨衣，在人群中格外醒眼。写着"机床厂是属于全体职工的！""强烈抗议变卖国有企业资产！"的横幅拉了起来。几个白发苍苍的老人手挽手，在细雨中唱起了《咱们工人有力量》："咱们工人有力量，嗨，咱们工人有力量！……"很多人当场落了泪。刘明汉的父亲也是机床厂的一名钳工。他在人群中看见了几位父亲当年的老同事。他想要是父亲还活着，一定也会站在他们的队伍里，高声合唱。有人看见了贾山，朝他围拢过来。国栋替他挡着，贾山赶紧坐回车里。有几个老者拍打着车窗，朝他跪了下来。贾山降下半边车窗，朝老人们解释说，你们有什么诉求，应该去找政府，和我没关系。这地是政府卖给我的。刘明汉在一边听着，心里更加难受起来。

有几个父亲的老同事认出是刘明汉，打听起他的近况。刘明汉说还在办户籍。老人们对他很关切，七嘴八舌说："你的事大家都知道。""估计是有人故意刁难你。""你说人家都出来了，却把人家户籍给弄没了，看这事整得！"纷纷摇头叹气。

刘明汉——感谢了。他看雷所长坐在帕拉丁的副驾抽烟，车窗开了道缝。他心一横，朝帕拉丁走了过去。雷所长瞥了他一眼，装作没发现，眼睛继续盯着前方喧闹的人群。刘明汉敲了敲车窗玻璃，将他的目光拉回来。雷所长说，有事？刘明汉说，有事。雷所长说，有事所里说。刘明汉说，我就在这儿说。雷所长扫量他一眼，见刘明汉面露愠色，说有事赶紧讲吧，我正在执行公务呢！刘明汉说，我想知道我的户籍信息是怎么没的。雷所长干笑了两声，将烟蒂弹出窗外，说难道你担心是我弄没的？刘明汉不语。雷所长继续笑了笑，说你原来的身份证呢？刘明汉说，被抓后，弄丢了。雷所长说，那你把它找回来吧，公安局、拘留所、法庭、监狱没人要你的身份证。你把它找回来，我就给你办理。刘明汉拍了拍窗沿说，这么多衙门，都是官老爷，我向哪儿找去？你上次不是说我有释放证明就给办理吗？！雷所长瞪着他说，上次是上次，上次我不晓得你是黑户。你成了黑户，你让我怎么给你办？除非你他妈再坐次牢！刘明汉突然醒悟过来，冷冷地望着雷所长说，我知道了，你们就没想让我再回枫林镇！身份证、释放证明都什么玩意儿，就是故意刁难我不让我回来！说完转身就走。

家里无人，萍带着儿子不知上哪儿了。他启开一瓶酒，坐在沙发上，电视正在播放电影《出租车司机》。拉维斯的枪口正喷射怒火。很多年他都没看过如此解恨的电影了。他趴在地上，伸手将盥洗台下的那团脏东西掏出来。有那么片刻，他觉得拉维斯就是自己的化身。之前他并不想追问这团东西的主人，现在他改变了主意。他不仅想知道是谁使用了它，还想知道那人更多的信息。他想起第一次带萍回家的情形，那时父母都还在世。他和萍是在深圳认识的。萍是四川人，比他要小四岁。他们都在同家公司，她当文员，他在企宣部。萍身材好，性格也开朗，是个婀娜多姿的万人迷。在那家两千多员工的台资公司，她是公认的厂花。有关萍的传言很多。有人说她来这家公司前，曾被一个港商包养过几年。公司经常有人为萍争风吃醋。即便是他们关系公开以后，骚扰萍的人依旧持续不断。后来他实在是不胜其扰，索性带萍回了老家。

当时能从这么多情敌中抱得美人归，刘明汉心里还很得意。他问萍，追求者这么多，为何后面却选了他。萍笑说，你比他们都实诚呗。刘明汉也笑，觉得自己老实，平日虽吃过不少亏，最后却捡了个大便宜，也很值。那年他带萍回家过年，私底下征询父母意见。父母起先都说好。直到有次父亲多喝了几盅酒，上了脸，才悄悄感叹道，好是好，但要不长这么好，就更好了。起先他不明白这句话的含义。现在他懂了。来到枫林镇的萍后来开过外贸服装店，只开了半年，没挣到钱，又转行盘下一家美容店。刘明汉辛辛苦苦在深圳打拼多年的积蓄，再加上父母的退休工资，全败在了萍手里。儿子出生后，萍把生意惨淡的美容店也转了手，索性在家当起全职太太。刘明汉靠给人跑长途货运养家，后来攒了点钱，自己贷款买了辆二手卡车。一家人的重担全落在刘明汉身上。

那条项链静静躺在她的梳妆盒里。他看了几眼，不会便宜。旁边还放着一瓶范思哲香水，看上去还没怎么用过。他端详着这些物品，又望眼墙上的结婚照,心里顿时五味杂陈。

9

周末这天,刘明汉特意起了个大早,带小枣去爬山。他问萍去不去,萍还在睡觉,睡眼惺忪地翻过身来,说你们去吧,我再睡会儿。起了一场晨雾,一轮朝阳从浓雾中破茧而出,辉映着远处的山峦。好天气已经持续了一段时间。他需要借天气好的时候,出去走走,换换心情。通往麓山的路径有十几条,他有意绕开大路,走了一条曲径通幽的小道。林间非常寂静,他牵着儿子的手,踩着厚厚的枯叶往上攀爬。儿子兴致很高,挣脱他的手,小兽似的在前面奔跑着,捡地上好看的红叶把玩。林间四处都是小鸟兽的声响。醒来的森林让他暂时忘了郁积于心的烦忧。晨练的人比他们更早上山,此刻开始下山了。小枣蹦蹦跳跳在前头小跑,时而躲在树后,和他玩捉迷藏。他明知小枣就躲在那儿,故意装作看不见。有时他悄悄绕到他身后,冷不丁吓得他咯咯大笑。这种天伦之乐将他心中的阴霾涤荡一空。他将小枣高高举起,小枣头顶因汗水氤氲而蒸腾着白气,亮晶晶的大眼瞪着他笑。他说,你爱爸爸吗?小枣应声回答说爱!脆脆的童声在林间传出很远。

到半山腰,小枣爬累了,嚷着要歇会儿。半山腰有座凉亭,透过薄雾,里面依稀有人的声音。刘明汉盼咐小枣爬到凉亭再停歇。

小枣听了马上跑向前去了。等刘明汉慢慢爬到凉亭时，只见小枣温顺地坐在一个人的膝盖上。那人正背着他坐着，刘明汉一时看不清面相。他听见那人抚摸着小枣的额头，让小枣叫他爸，一边用纸巾给小枣擦拭着汗水。小枣一扭头就瞅见了刘明汉，要从那人膝上下来，说我爸上来了。那人一回头，刘明汉吃了一惊，没想到那人竟然是贾山。贾山正晨练下来，旁边挨坐着一位妙龄女子，大概是他的情妇。刘明汉将小枣拉拢到一边，朝贾山怒斥道，刚才你喊小枣什么，龟儿子你有种再说一遍？贾山笑笑说，原来是老同学上来了，小枣是我认的干儿子，这么多年他都叫我爸啊！刘明汉愤怒地盯着贾山的脸，那张皮笑肉不笑的脸让他倍感屈辱和厌恶。刘明汉和贾山的战争在晨雾缠绕的凉亭打响。女人和小孩纷纷发出惊慌失措的哭喊。两只斗兽在对视的一刹那，奋不顾身地朝对方扑了过来，拳打脚踢后抱成一团，不将对方置于死地誓不甘休。山林中回响着两个男人的咆哮和怒吼。几个回合下来，两人身上都挂了彩，刘明汉的指甲在贾山的脸上挠了几道血痕，贾山将刘明汉死死地压在身下。刘明汉的鼻子被打得错了位，顿时成了个血人。两人喘着粗气，两眼充血，都杀红了眼。吓傻的小枣在两人身旁哭喊着，一会儿拉拉贾山，喊爸爸别打了，一会儿拉拉刘明汉，求爸爸别再继续了。

　　刘明汉感觉骑在身上的不再是贾山，而是一座大山。那座大山将他压得喘不过气来。贾山双手紧紧掐住刘明汉的脖子，那张变了形的脸看上去活像个发怒的阎王。在他意识模糊的时候，他听见贾山朝他怒吼着什么。贾山说，我就睡你女人又怎样，小枣本也是我的种！贾山扔下瘫软在地的刘明汉，站起来拍拍手，整了整衣服，抱起吓傻了的小枣，和女人下了山。刘明汉无力地躺着，有那么片刻，他觉得自己分明是死了。松树在旋转，云雀和画眉疯了似的在林间穿梭，风驱赶着云块飞快地跑着。他坐起来，擦了擦嘴角的血块，觉得这一刻，该和之前的刘明汉说再见了。原来那个怯懦的刘明汉已经死去。新的刘明汉活过来了。他的人生轨迹也将发生重大改变。

10

　　来到茶卡镇已是下午。小镇天空明净，阳光和煦，虽已三月，但依然寒冷，不露行踪的寒风刮得人骨头疼。他一路打听老七的名字，终于拐弯抹角，来到一家私人旅馆门口。房东是个老头，自称老七。刘明汉说开一间房。有身份证吗？老头望了他一眼问道。刘明汉掏出那张刑满释放证。说这个行吗？最近查得严，没身份证不行。老头说。是李大石介绍来的。他说。老头惊讶地看了他一眼。我是大石头狱友。他又说了一句。老头不再作声，领他进了一间单人间。

　　来茶卡之前，他拿了萍那串白金项链。他悄悄离开的枫林镇，没让任何人知道。他把项链当了。典当行给出的价钱比他想象的高不少。他想这笔钱不久就会花在那些让他不痛快的人身上。他试想他们身体开花的情景。这样想的时候，他脑海中又闪现着拉维斯怒火中烧的眼神。三月份，茶卡的游客稀少。他在空旷的街上漫无目的地晃荡着。在这遥远的陌生之地，他成了世上最孤独的人。他想此刻要是死在这儿，永远也不会有人知道他是谁。连警察都不知道。他是这个世上的多余人。是法律意义上的黑户。临别前，他还向大石头描述着自己梦幻般的未来。他将重新当回卡车司机。挣了钱，会在家里开家小超市。天晴的时候，他要带老婆儿子去爬山，或者去河边垂钓。这样美好的生活曾经唾手可得。现在一切都破碎了，他什么都不再幻想。他只想干完这件事，好好地睡上一觉。

他向人打听茶卡盐湖的方向，决定去那个大石头无数次描述过的盐湖看看。黄昏降临，藏青色的云团正在天边聚拢。一条运盐的小铁轨伸向盐湖深处。他沿着小铁轨往盐湖走去。那是他第一次见到盐湖。一个银光粼粼的盐世界，盐山盐雕盐海，猎猎的寒风也含着盐的味道。天空从玫瑰红变成紫罗兰色。果然如大石头说的，就像天空之镜。人走在盐湖中，就像走在一面巨大的镜面上。澄清透明，仿佛能照见自己的前世今生。霞光穿过絮状的云团，刹那间天空变得明亮，黄昏的余晖血洗着天空，盐海也跟随着变了颜色，夕阳下的盐湖显得莫名的安宁。他站在湖中，看着盐水中弯曲的影子，霎时泪流满面。

天快黑的时候，他赶回镇上。远处的橡皮山脉被黑暗吞没，小镇亮起稀稀拉拉的灯火，和头顶闪烁的星辰连成一片。街上只有几个散客在游逛。他进了家兰州拉面馆，要了一份拉面。一个女人站在马路边抽烟，不停地打着哈欠，三月的夜还很冷，她穿得很少，只披着一件羽绒袄子。他刚从拉面馆出来，女人朝他招了招手，示意他过来。女人不算难看，但气色很差。女人朝他讪笑一下，拉了拉他的手，嘴里说着什么。他没搭理她，头也没回，径直朝旅馆走去。

刘明汉那次没有试枪。他直接开口向这个叫老七的人说要买枪。老头矢口否认，说你是不是有病，我这是旅馆，又不是军火铺。我要一把枪。刘明汉盯着老头说。我这儿没枪啊！老头将头摇得拨浪鼓似的。大石头说买枪就找你。刘明汉将兜里的钱掏出来，厚厚的一沓，啪的扔在桌上。我只留个回去的路费，剩下的你开个价。老头瞟了瞟钱，喃喃地说，这个大石头啊，净给我找这些人来……说钱你先收起来，我现在真不弄这行了，不过你真要买，看在大石头面上，我介绍个人给你。

那是刘明汉头回见到如此壮观的枪械。长长短短摆满一桌。卖家是个精悍的男子，操着一口河西走廊一带的口音，目光一刻不离刘明汉。

大石头的朋友？那人问。

狱友，和他同坐过五年牢。

买枪干啥？那人问。

杀人。

开弓没有回头箭，自己想好。

想好了。他说。

临走，刘明汉想起一事，问那人说，打听一个人，大石头有个叫小仙桃的女人，她还在这儿吗？

那人冷笑一下，说，早当婊子了，还吸上了白粉，大石头还惦念着她啊？

他将枪藏好，出了门。星夜气温骤降，他裹紧衣服，一路打着冷战。镇上的夜更加冷清，只有一家烧烤店里还开着，几位游客在里面喝酒。女人还站在对面，一根接一根地抽着烟。他从她身边走过，女人这次不再和他打招呼，冷冷地看着他，脸上还残余着敌意。他走进烧烤店，点了些烤串，要了瓶小二锅头，慢慢喝着暖身，透过玻璃门继续望着对面的女人。女人玩着手机，抽烟，见到落单的男人就招手打下招呼。他喝完酒，觉得身子渐渐暖和过来。有位像游客模样的男人正在和女人讨价还价。他跨过马路，绕开男人，拉了女人的手就走。女人说，你带我去哪儿？他指了指旅馆。女人说，你还没给钱呢！他掏出几张钞票，在她面前晃了晃说，够不够？女人妩媚地笑笑，跟他回到房间。他说你是小仙桃？女人诧异地望他一眼，说你是谁？刘明汉点了一根烟说，我叫刘明汉，但是大多数人都叫我同性恋。只有大石头叫我名字。不过他也不知道我有同性恋这个绰号。女人扑哧一笑，说你真是同性恋？刘明汉回了她一个笑，说，大石头知道你在做鸡吗？女人笑容就僵硬在脸上。拉下脸来，说你还做不做，不做我走了。刘明汉说，你试试。女人佯装生气，站起身来说，你真是个神经病，我不是什么小仙桃，也不认识大石头。你要不做，我就走了。刘明汉将身子挡住她的去路，说，大石头在里面经常提起的人就是你。他还说出去就和你结婚。他把你描述得那么好。还叮嘱我去看你。没想到原来是只鸡！大石头要是知道那就好玩了。他说在你身上下了大本钱，要不是为了你，他也不至于落得这样下场。女人的脸色在灯光下出奇地难看。她不搭理他,想夺路出去。刘明汉一把将她推倒在床上,女人发出一声尖叫,想大声呼喊,被他及时用手封住。她在床上极力抗争,像条泥鳅,他恼怒起来,用枕头捂住她的嘴,掏出枪,啪的一声闷响,她挺了挺身子,放弃了挣扎。他意识到自己刚干了什么。握枪的手一下失去了力量,瘫痪了一样。他摇了摇女人,女人没再回应。他揭开被子,只见女人的身体开出了一朵花。鲜红的花蕾在洁白的被上越来越绚烂。

私刑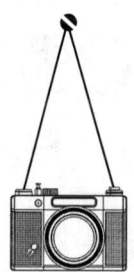

1

天空像打翻了黑墨水，转眼间黑暗浸染了一切。一根烟的工夫，远处的山峦就只看得见模糊的曲线了。秃鹫依旧翱翔着，虎视眈眈地盯着地面。小李和大牛趁着最后一点光，将柴油机、电线、拖斗车、铁锹、镐头等东西搬进毡房。天刚黑，气温骤然冷了下来，猎猎的风刮得头皮痛。

查勇叼着烟，缩了缩脖子，往道班方向走来。

"东西都搬进来了？"查勇问道。

"快了。"大牛回答说。

"扎西打电话来说接我们去喝酒。听说巴桑快放出来了，老才旦家族都等着呢。"

三人站在马路边抽烟，等扎西的昌河车来接。烟头在漆黑的夜空中倏忽地闪亮着。夜风中有股马粪和牦牛的味道。两年前修路队刚驻扎这里，闻马粪牛粪味时，查勇会犯恶心。现在这种气味变得亲切多了。要没这些动物的粪便，没人能挺过歌乐沱寒冷的冬天。

"不会真的要杀人吧？"

"尿卵，又不冲你来。"

"今天我路过老才旦家，那包钱还在房梁上挂着呢。风一吹，晃晃悠悠的，瘆得慌。"

钱用白哈达包裹着，鼓鼓囊囊的，像人头。傻子才打这笔钱的主意。那包钱是老才旦用儿子次松的命换来的。十五年前，年轻气盛的巴桑和次松为了争一块牧场干了一架。为了这块牧场，两个村已争斗过几十年了。有了牧场，就有牦牛，有了牦牛，就有票子。一头成年牦牛值万把块钱。何况还是那么肥美的牧场，牦牛见了都眼馋。十五年前的巴桑和次松放牧时相遇了，一番口角之后，两人各自掏出了佩刀。巴桑的刀子先于次松进入对方的身体。看到次松倒在刀下，吓坏了的巴桑逃回村里，打算连夜逃亡色达，半路被扎西他们追了回来。扎西说，要不是他们抢先一步，巴桑落在次松家族手里，骨头都不会剩一块。这一带民风彪悍，有仇必报，杀人偿命。有仇不报，做人抬不起头，背后会遭人耻笑，戳脊梁骨。且是家族连坐制，家族里死一条命，必须去对方家族中拿一条命相抵。按规矩，只杀青壮年男子，不伤及老弱病残和女子。

巴桑被抓后，被判了二十年。他家族央求活佛出面，请求次松父亲老才旦的宽恕。那天活佛亲自去的老才旦家。活佛说，老普布家只有巴桑一个儿子，现在他罪有应得，坐了大牢。老才旦沉默地望着活佛。活佛说，冤冤相报何时了，巴桑家答应赔，东拼西凑了十万块钱、二十头牦牛，已经倾家荡产了，这事就不要再计较了。

老才旦看着活佛依然不作一声。活佛走后，老才旦家将那十万块钱用哈达包了起来，悬在梁上。每个路过老才旦家的人都看得见那个包裹。起风的时候，房梁上的包裹被吹得左右摇摆，晃得人心里直发毛。这事渐渐成了巴桑家族的一块心病，虽然老才旦家族暂时没表示什么，但谁都晓得这事没完。

一会儿，扎西的昌河车就来了。上了车，扎西说，今晚有好东西吃。查勇问是什么。扎西故意卖了个关子，说等下就晓得了。扎西是警察，认识查勇后，他多了一个名字，叫老查。扎西是嘉绒藏族，比煤矿工人还黑，敦实的个儿，壮硕得跟头牦牛似的。他娶了个四川老婆，讲得一口流利的"川普"。查勇承包的这段路，两年多以来，工地上贵重物品一件没少过，唯独常丢石头。藏族人盖房，石头是不可或缺的建筑材料。修路队没来之前，他们建房子，得去河谷捡卵石，再用背篓一块块背回来。现在现成的石料就堆在马路边，等于送到嘴边的肥肉。

查勇抓到过几次。起先藏人半夜里来，声音还蛮大。他被响声惊醒，急忙去追，人赃俱获。藏人理直气壮，不就几块石头嘛，值几个钱，又没拿你们其他的。查勇说，这些石头是给你们铺路的，要是每人都来搬一点，路就没法铺了。训走了几个，照旧有人偷，屡禁不止。把他们惹急了，干脆大白天来背。连藏族女人都来。藏族女人身材高大，浑身是劲，一两百斤的背篓，起身就走，拦都拦不住。

查勇只好报警。

每次报警，扎西都来。扎西看了看，压低了嗓子说，没得办法嘛，他们盖房子嘛。查勇说，他们要盖房子，那也不能来我这儿要啊！他们这么搞，这路还怎么修嘛！扎西表示会警告。咕噜咕噜，说的藏语，查勇一句也听不懂，也不知道他真说了没有。抢石头的事倒再没发生。偶尔的偷盗依然有，比之前是收敛了些。

那晚，查勇请扎西和另外两位警察在道班喝酒。酒是他上次去色达买的青稞。煮了一大锅牦牛肉，用洋铁皮桶盛了满满的一桶，蘸着盐巴吃。喝到后半夜才散。那场酒不光喝倒了查勇，还把号称千杯不醉的大牛也顶翻了。第二天中午，查勇才醒，头痛欲裂，大脑一片混沌。打电话给扎西，人家早就上班了，一点事没有。

一来二往，查勇和扎西彼此都熟络起来。空闲的时候，他们就凑一起喝酒。扎西酒量远胜查勇，但藏人并不劝酒，没沾染内地的酒桌习气，能喝多少，全凭自己本事。查勇喜欢扎西身上的豪爽，加上他的老婆是汉人，能做手地道的四川菜，他嘴馋的时候，就去扎西家，权当改善伙食。藏人没有姓，只有名，扎西问他姓什么，查勇说姓查。扎西说，那我也姓查，跟你姓好了。查勇笑，以为他喝了酒开玩笑，并没当真。第二天，扎西认真对他说，以后就叫我老查，记住喽？！他的大手沉得像一头成年牦牛，重重拍着他的肩说。

老查这名字就这么叫上了。

到了扎西家，查勇看到老才旦也在，有些惊讶。他想看来传闻也许是真的，巴桑真快出狱了。女人端上来一大锅肉。查勇问是什么肉？扎西才说，昨天不小心撞死了一只羚羊。见查勇有些疑惑，扎西就说，一只倒霉的羚羊，踩中了猎人的夹子，弄断了一条腿，逃了好几天才找着，一路都是血……已经请过活佛了，放心吃吧。

老才旦五十多岁，戴一顶脏兮兮的毡帽，裹着灰色的棉袍，看上去像个七十多岁的老头。歌乐沱高寒海拔，紫外线强，风大，人容易出老。但像老才旦这样出老的并不多见。笑起来，慈眉善目，如得道高僧，一点也看不出身负血海深仇。老才旦的牙几乎快掉光了，他用藏刀将羚羊肉切成细细的一条，蘸上盐巴，塞进嘴里，像山羊那样慢慢地嚼着。

老才旦吃得很少，默默地喝着青稞酒，额头上几股抬头纹挤出一个"王"字。酒到七分，老才旦放下碗，望了眼扎西，说："巴桑活不长了。"语速缓慢，却有种不可置疑的力量。

没人接话。都安静下来，房间一下变得死寂。过了会儿，扎西说："我看这事还是算了吧，他已经坐过牢了。再说，你答应过活佛放他一马的。"老才旦摇摇头，额上的"王"字更深了一层。"即使我放过他，我看次加也不会。他必须死。"他喝下杯中酒，目光依次从查勇、大牛和小李身上递过，"我昨晚又梦见次松了。他正赶着一群牦牛回家。模样一点都没变。那十万块钱和二十头牦牛，我会加倍还给他。"

扎西叹了口气，说："你这让我为难嘛！"老才旦说："我不为难你。你什么不管就行。我只要巴桑赔次松一条命。"扎西不说话了，闷声喝着酒。老才旦起身说："扎西，你可是我看着长大的。"扎西说："我知道，但我现在是警察。"老才旦说："我才不管你是不是警察，别忘了你也是这个家族的一分子！"

老才旦走后,查勇说:"巴桑必须得死吗?"扎西沉默着。查勇说:"巴桑已经坐过牢了。"扎西摇摇头说:"你们不会懂的。法律是法律,除了这个,这里还有法律之外的东西。"查勇说:"既然这样,还需法律做什么?"扎西苦笑说:"要没了我们,你指望活佛来给你们守石头?"

2

巴桑即将获释的消息传得众人皆知。他没见过巴桑,巴桑入狱的时候才十九岁,算上减刑的五年,共服了十五年的刑。查勇想起十五年前,自己还在高中读书,谈起女孩还脸红,现在老婆儿子热炕头,还包揽了一个工程队的活,就觉得十五年过得很漫长。

老才旦家房梁上的钱包依然没有摘下来。这两天,老才旦又换了条新哈达,隔老远都能看得见。风从草原刮来,将梁上的哈达吹得左右摇摆,那里面包裹的仿佛不是钱,而是次松的亡魂。不知次松的魂灵是否已经原谅巴桑?老普布家只有巴桑一个儿子,要不是他们家族其他青壮年男子全逃跑了,说不定老才旦家族早就动手了,也不至于等十几年。

查勇刚来的时候,歌乐沱隔壁甲学乡,一个外地来的四川小商贩杀了两个人。甲学乡有三兄弟,性格暴戾,欺负小商贩是外地人,在他的小卖铺拿东西,烟酒零食方便面,从未付过账。旁人忌惮他们几分，都不愿作声。这三兄弟欺凌惯了，觉得不过瘾，盯上了小商贩那有几分姿色的婆娘。小商贩气得脸色铁青，嘴上一句话不说，心里却起了杀心。他先将小卖铺易手，打发老婆和儿子回了娘家，然后弄来一杆猎枪，坐等杀机。原计划是等兄弟仨凑齐，一窝端掉。等了两天，一直没机会，失了耐心，还没等聚齐，先动了手，当场崩了哥俩。最小的不在场，幸免于难。小商贩并没慌乱，提了枪上街四处寻老三，没找着才逃。从此踪迹全无。没谁晓得他去了哪儿。老三怒火攻心，急于要给兄弟俩报仇雪恨，找了两年，半点音讯都没捞着。小商贩人间蒸发，连警察都找不着他。几年下来，老三渐渐失去信心，彪悍的汉子，变得颓然丧气，走路都抬不起头来，之前惧怕他的人，现在都敢当他面耻笑他了。白死了俩兄弟，连个仇人都找不着，成了窝囊废。这事让他很失面子，不久就悄悄走了，去寺院当了喇嘛。

　　查勇认得次松的弟弟次加。次加是歌乐沱的头号骑手，骑术精湛，极其骁勇。去年八月赛马节，次加骑着一匹白马，后半程发力，从群马中奋起直追，越过所有对手，拔得头筹，出尽了风头。那是一个有名的霹雳火，他老婆常被他酒后打得鼻青脸肿的。次松被杀那年，次加还只有十岁。少年目睹了哥哥倒在血泊中的全部过程，从此变得沉默起来，性情大变。他等了十五年，从弱不禁风的少年变成矫健勇猛的男人。每天刀不离身。发了毒誓，要用这把刺死次松的刀割下巴桑的头。

　　有人看到次加又在磨刀。每隔一阵子,次加都要拿刀出来磨一磨。

那是一把华丽的藏刀,锋利无比,牛角刀把上缠绕着银丝,刀鞘上刻有飞禽走兽,镶嵌着绿松石。想到这么漂亮的艺术品,还要再沾一次血,不禁让人脊背生寒。

查勇曾见过老普布一回,几年前赶牦牛时,老普布从山崖上摔下来,瘸了一条腿,从此身体每况愈下,听说已卧床不起,恐怕时日不多了。老才旦家族的人要找老普布算账易如反掌。瘸了腿的老普布连狗都欺负他。但这么多年来,他们不但没动过老普布一根指头,偶尔还帮衬接济一下。老普布身边孤独无依,那些逃掉的族人没一个敢回来的。逃了那么多年,他们早不耐烦了,也盼巴桑早点出来,将这事来个彻底了断。巴桑不出来,就没人敢回歌乐沱。巴桑入狱的这十几年里,老才旦家房梁上的哈达都不知换多少条了。那洁白的哈达散发着血仇未了的怨怒,每个人心里都绷紧着一根弦。

晚上扎西来道班喝酒,聊起巴桑。

"那是个老实人,跟老普布一个德行。谁都不相信他竟敢捅次松。次松比他弟还精悍,当年歌乐沱他说第二,谁敢说第一……他竟然倒在巴桑这小子脚下,我到现在都不愿相信这个事实。"

查勇看扎西似乎并不担心巴桑。

"要是他们真把巴桑怎么着了,你会不会管?"

"你说我该管不管?"

"我们是外人。不好说。但你是警察。"

"我也烦这事,歌乐沱每隔几年就会来这么一出。也该变变了。"

"难道每次都是这样解决的?"

"也不是,四年前也出过一条命案,两个男人喝了酒发生口角,都拔了刀子,捅死了人……"

"后来呢?"查勇问。

"凶手酒醒后就吓跑了,留下一个烂摊子交给他家里人来处理。死者和凶手双方家族都请了活佛来出面,凶手家族赔了一百万,另加一百头牦牛。"见查勇有些惊诧,扎西说,"现在一条命基本是这个价。死者家要是强势,还能多要点。"

"赔那么多钱,事情处理了吗?"

扎西抿了口酒,小眼睛聚集着光:"你猜怎么着?"

"死者家族拿了钱也牵走了牦牛,并没说什么,但当天夜里,他娘的全跑了!"

"谁跑了?"

"凶手家族的成年男子都跑光了!"

"你别笑,这事是真的。连在县工商局的干部多吉都被吓跑了!多吉吓得到现在都不敢回来呢,听说跑到西宁去了,工作都丢了。"

查勇摇摇头说:"太匪夷所思啦,冤有头债有主嘛,跟别人有什么干系!"

"这边风气就是这样,法律也管不着。死一个人,不赔条命回来,是誓不罢休的。"

"法律不管吗?"

"当然管。但换你们汉人的话说,人不惧法,又奈何以法惧之?"

关于怎样处死巴桑传得沸沸扬扬。据说连处死他的地方都选好了，就在当年刺死次松的那片牧场。牧场离查勇他们住的道班不远。那是歌乐沱最好的一片牧场了，水草丰美，能供上千头牦牛放牧。次松死后，关于牧场的争议暂时搁置下来，现在两个村的人都不敢在里面放牧。查勇想象着几百上千的人站满草甸，围观处死巴桑的情景，心里就犯怵。他见过公审，黑压压的围观者站在操场上，被五花大绑的犯人站在台前，面色苍白地接受审判。罪有应得地接受法律的制裁和用私刑处死巴桑是两回事。这事他无法接受。

上午查勇跟随货车司机去县城买生活用品，在街上也听到人们在谈论此事。空气中饱含着躁动的因子。谈到巴桑时，每个人眼中都闪闪发亮。他问司机，巴桑出狱后会回歌乐沱吗？司机是本地的汉人，一听就乐了，说傻子才回歌乐沱啊，回来不等于送死嘛。但他不回歌乐沱看看他父亲？司机说，这就难讲了。听说老才旦家族已经派人去监狱外边等着他了。这儿离监狱三百多公里呢，监狱在荒漠深处，只有一条路去。查勇说，看来这回巴桑插翅难逃了。司机笑了笑说，也难说，巴桑也不至于厎成这样，搞不好还会出大娄子。

3

半夜查勇被人推醒。睁眼看时，扎西不知何时进来了，他身后还站着一个瘦小的男人，裹着一件脏兮兮的外套，光头，畏畏缩缩的，不敢看人。扎西说，帮我个忙。扎西不说，查勇也大概猜到了。问是巴桑吗？光头男子拘谨地抿了抿嘴唇，手脚并得笔直，眼中流露出哀求。查勇想象中那个青年，和眼前的巴桑相去甚远。巴桑低着头望着脚尖，不知是冷，还是因为别的，他的肩微微地颤抖着。

"你让我干什么？"查勇望着扎西说。

"天一亮，你开车带他去马尔康。他有个远方侄子在那儿开拉面馆，他去那儿还能帮忙干点活。"看查勇犹豫的样子，扎西说，"这个忙只有你能帮他了。他们盯得我紧呢，我离开歌乐沱他们就会知道。我也受够了。"

查勇看了下表，刚好凌晨四点。巴桑的突然出现，让他忐忑，又有些莫名的兴奋。他往门外瞅了眼，秋夜的天空寥廓深远，星汉垂阔。查勇站在外面抽了根烟，认真想了想，决定冒险帮一把。

扎西的主意是将巴桑藏在小货车的车厢后面，上面用木板架空，再盖上层毡布。"他们不会盘查你的，要问你，你就说去县城办事好了。"

"我走了，阿爸和那些逃跑的亲戚怎么办？"巴桑的声音沙哑而苍老。他依旧保持着刚才拘谨的样子，一直不敢正眼看人。

"你不能让他们抓去，你已经坐过牢了。"查勇说。

"刚才带你见你阿爸的时候，你可是答应过他的。"扎西说。

"只要阿爸在，我还会回歌乐沱的……我对不起人家。"

巴桑的话让查勇感到诧异。他不知道巴桑说的"人家"是否也包括了次松。

"你说说怎么个了断？"扎西瞅了他一眼说。

巴桑就不说话了。

"你真是个孬货,人家巴不得你死呢。抓紧时间,赶紧走吧!"扎西有些不耐烦地拍了他一把。巴桑身子晃了晃,神色有些尴尬。四周静谧极了,能听见几里之外的狗吠声。"你还是听从扎西的吧,天一亮我就带你走。"查勇打圆场说。巴桑突然努了努嘴,混浊的眼球闪过一丝光泽,似乎想说什么。两人都把目光迎向他,巴桑哆嗦了下,眼中刚燃起的光亮又暗淡下去。扎西有些失望,说:"别磨蹭了,赶紧收拾下吧,等会儿天就亮了。"

这时狗吠声似乎更近了些。天快破晓,朦胧的晨雾中隐约能听见摩托车的轰鸣和杂乱的马蹄声。扎西皱了皱眉说:"他们来了,我给派出所打电话,你们赶紧走吧!"

从道班出来,几辆摩托车和几十匹快马迅速围了上来。查勇听见人群中有老才旦的声音:"扎西,你以为我不晓得你玩的鬼把戏,你太让我失望了!"扎西说:"人你们不能带走。"人群中站出一个精壮的汉子,正是次加。次加手里提着一只包裹,劈头盖脑地扔向巴桑。"钱拿去,还我哥命来!"一把抓住巴桑的衣襟,轻松一扔,将他抛去几米开外。巴桑没有反抗,摔得灰头土脸的。他刚爬起,又被一脚踹翻在地。扎西说:"别打了,等会儿派出所的人就来了。"马背上的人都笑,朝他喊道:"你以为姓了查,就不叫扎西了吗?!"

扎西要去阻拦次加,被人从身后推搡了一把,差点摔倒。"扎西,你这个叛徒!"扎西回头瞪了推他的人一眼说:"谁也甭想带走巴桑!"

"带不带走巴桑,你说了不算!"次加黑红的脸上放出逼人的光芒。

"都不要争了!"巴桑突然挣脱次加的手,喘息着说。所有人都停下来,望着巴桑,期待他接下来怎么说。等了许久,只听见冷冽的空气里传来马匹的响鼻声。这时巴桑走到老才旦面前,朝他跪下来,"求求您宽恕我吧!次松是我从小玩到大的兄弟……我很后悔,求求您了!"说着眼泪就下来了。

"你这个孬种!"次加怒不可遏地喊道。

老才旦不置一言,鹰隼一样端详着他。过了一会儿,有人递过刀来,交到老才旦手里。老才旦目光落在刀刃上,手指在刀锋上刮了刮。

"巴桑,还认得这把刀吗?"

巴桑的目光顿时委顿下来。

老才旦说:"按照歌乐沱的老规矩,一命抵一命吧!你是自己来,还是我们动手?"

巴桑慢慢地退步,被次加顶住了,没了退路。巴桑置身刀的寒光里,浑身发着抖。老才旦往前逼了逼,将刀递到他手里。人群发出哄的一声,受惊的马嘶叫着舞蹄乱翻,践踏着新鲜的泥土。扎西想制止,却被人牢牢扼住脖子,动弹不得。

刀还是十五年前那刀,早磨得锋利,吹毛断发。巴桑瘦小的身子缩在外套里显得更加单薄。他朝四周望了一圈,想寻找点什么。敌视的目光将他围得严严实实,他什么也没找着。除了老普布,没谁盼他还活着。

巴桑抿了抿嘴唇,绝望地举起刀。所有人的目光都聚集在那把藏刀上。刀像件活物,带着催命般的杀气,颤巍巍地朝巴桑胸口递来……然而刀尖逼近肌肤时,巴桑动摇了。他扔了刀,狼狈地跪下来求饶。

"快点啊!"次加不耐烦地催着。

"胆小鬼!"

"尿货!"

人群中骂声一片。老才旦坐在马上,平静地望着他,丝毫不为他的苦苦乞怜所动容。巴桑心如死灰,泣不成声地叫了声阿爸,我先走了,然后高高举起刀子。电光石火的瞬间,空气中传来一声凌厉的鞭响。老才旦依旧坐在马上,巴桑的刀已被击落在地。老才旦用皮鞭指着巴桑的头,冷冷说道:

"我已经杀死过你了。你滚吧!"

巴桑惊恐中夹杂着一丝错愕,半张着嘴,眼泪混合着泥土,依然没敢相信被饶恕的事实。

"贪生怕死的尿包,你们家族的脸都被你丢光了!"次加心有不甘地骂道。

清晨的第一缕阳光破壳而出,在地平线划出一道殷红的伤口。马背上的人欢腾起来,他们朝巴桑吐口水,一边羞辱一边发出哦哦的呼号。老才旦神情松弛下来,佝偻着背,一下子苍老了十多岁。他俯身抚摸了一把马脖子,像抚摸小孩的脸。马打着响鼻,微微侧着脸，用余光回瞥主人。老才旦双腿一蹬，马小跑着向前，人群渐渐散去了。

巴桑尚未从颓败中回过神来，继续坐在地上。查勇想过去劝劝，被扎西制止了：

"让他先静一静吧，大概吓坏了。真是个尿包。"

查勇和扎西回道班取暖。刚才虽然一波三折，但结果皆大欢喜，没出什么娄子。两人抽着烟，空气冷冽，冻得人直打寒战。扎西又讲起那只羚羊的故事："找到它的时候，羚羊还没断气呢，躺在草坡上，看着人来，昂起头，猛烈地扭动，挣扎着往前挪，右后脚给夹铗全夹断了，血肉模糊，骨头都露出来了，不忍目睹，每走几步就回望我们一眼，那眼神……唉……"查勇想着羚羊那双惊恐明亮的大眼睛，夹烟的手就忍不住微微颤抖。一根烟刚抽完，外面又传来马蹄声，出门看时，隐约可见一个人骑着白马飞奔过来。扎西一眼就认出那是次加的马。白马跑得飞快。嘚嘚嘚的马蹄声鼓点似的敲击着地面，饱含着一股怒气。扎西扔掉烟蒂，说我就知道次加不会放过他的。还没来得及跑过去，次加已经飞身下了马，朝巴桑后背狠狠踹了一脚。

"阿爸饶了你，我可没饶你！我的刀呢？"巴桑被踹倒在地，发出一声痛苦的呻吟。巴桑手里正抓着那把藏刀，肚皮上不知何时划开一道口子。他浑身战栗着，衣襟被一大片殷红的血染红。没人看清到底怎么回事。

次加更加愤怒，抓小鸡似的将巴桑一把提起来摇晃着。

"×你奶奶的，谁让你死的，快给我起来，我还没让你死呢！"

巴桑依旧抓着藏刀。浑身是血,眼里闪抖着一丝光,含糊不清地说:"……救救我吧……"次加泄了气,将他丢在地上,气冲冲地走了。

巴桑躺在地上,身躯扭动着,抬头疲惫地扫了他们一眼,手上仍然握着那把藏刀。藏刀随着他身体的幅度有节奏地抖动着,像遭遇寒风的枯叶,随时都要飘落。查勇倒希望他永远握着。

大罪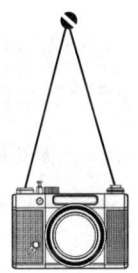

1

晚饭后,燥热的天气有了一丝凉风。小马打开宿舍的窗户,将桌上的盆栽搬回阳台。那台快要报废的康佳彩电正在直播一场网球比赛,莎拉波娃纯白色的短裤高高掀起,网球场上回荡着网球与球拍的撞击声。小马不爱网球,甚至没摸过球拍。他喜欢的是篮球,喜欢科比,尽管自己水平很臭。小马走出去的时候啪的将门关得山响,整个走廊都听见了。墙壁上的石灰粉簌簌地往地上掉。走下楼梯,他碰见了同事李奇,李奇问他吃饭了没有。小马嘴里叼着烟,含糊不清地说了声:"吃过了。"

他看了看手表,时间还早得很。于是他将东西放在后座的箱子里,戴好头盔,跨上摩托车,去王湾中学找陈乘。发动机响起的时候,小马下意识地仰头往单身宿舍的窗台上望了望。窗台上空荡荡的,上面挂着小马的几条红裤衩。他咬了咬牙关,摩托车如脱缰之马,驶出了派出所。

王湾中学离派出所有三四里的路程。小马一路风驰电掣,在乡村公路飙得老快。八月份，市郊的早稻田已快熟了，金灿灿的，如幅调色很重的油画。有一群小孩子正猫着腰，躲在稻田的水渠里捉泥鳅。稻子刚扬花之时，泥鳅最鲜嫩，肥得很。有个小孩冒出个头来，朝小马扔了一块泥巴，嘻嘻地笑。小马吐掉嘴里的烟屁股，深深地吸了一口气，朝他们恶作剧地恐吓道："水稻田有鬼！"

陈乘正在操场上和几个同事打球，他女朋友英文教师庐米在旁边笑着和小马打了个招呼。小马将摩托停在篮球架的后面，脱得只剩一大裤衩，对庐米说："晚上我请你们。"陈乘的手感这会儿正烫着呢，怎么投怎么有，看得小马有几分忌妒。陈乘说："来了？"小马嗯了声。小马说："晚上我请。"陈乘说："要得。"

小马打了一会儿就不打了。他坐在那儿看远处的一群学生打排球，心里有几分莫名的烦躁，空荡荡的。庐米说："最近过得怎么样？"小马哦了声，说："还凑合，老样子。"庐米笑着说："你该找个女朋友管教管教你，看你这生活过的！"小马看了她一眼说："哪像你们？'性福'生活过得多么滋润呀。"庐米说："就知道你这张嘴厉害，好姑娘都是这样被你吓跑的。"那辆摩托车孤零零地停放在篮球架后边，车颜色和以前的不一样，没牌照。她记得小马骑车从不戴头盔的，有些纳闷，见小马拿着一罐可乐正失神地望着排球场，像是有心事，于是她忍了忍，没问。

小马之前在王湾中学托庐米介绍找了一个对象，也是教英语的。两人谈了几个月后吹了，小马后来猜测是她家嫌他没房。以至于好长一段时间，小马都没好意思来找陈乘打球。不久，她调走了，可小马每次来都会想起她,想起她站在操场旁边那棵巨大的梧桐树下的场景;想起每次做爱的时候,她都会大声叫"爸爸"。小马后来很想砍掉那棵树。

小马原本以为,他被调到王湾镇后,最多一两年就会重新被调回城里去的。来之前,领导也语重心长地找他特意谈了话,暗示他先下去锻炼一两年,到时再调回来。小马那会儿从警校毕业没多久,意气风发,有些锋芒毕露,以为世界全在他脚下,只要他肯努力走,就能走出个模样。后来那个领导出了点事,涉黑,据说是给黑社会充当保护伞,被停职处理了。小马的事情仿佛被众人遗忘了,他在王湾镇一待就是四五年。他找上面,上面的意思是说,先干出点成绩来,干出点动静来,才有理由调上去。小马跑了几次,都是白忙活,肚里窝了一团的无名火。这团火每到夜深人静的时候,就会往上蹿,像蛇张开的那张血盆之口。小马死死盯着天花板。每到晴天,上面那只硕大的蜘蛛便在角落里忙碌开来了。他用拖把将蜘蛛网捣毁过几回,都没找到罪魁祸首。那只大蜘蛛每到天晴,便"如约"而至,他都懒得管它了。他双手枕头,嘴里叼着烟,厌恶地想着一些往事,没有头绪,没有逻辑,没有尊严,有些恶心。

晚饭是他们分别骑了摩托车去江边的排档吃的。王湾镇的小龙虾叫得响,在夜市上很红火。小马和陈乘要了几瓶啤酒对饮,一旁的庐米给他们剥小龙虾吃。陈乘说:"上面的意思还不是明摆着的吗?你应该给他们点意思。"小马哼了声:"都是一些吸血虫,××!"

"在学校还不是一样?"陈乘说。

"就应该干点动静出来,最好是大动静,吓死这些狗×的。"小马喝了点酒,眼睛便有些发红,说的话也带着一股很冲的酒味。

庐米给他剥了一只小龙虾,说:"照我说,小马,你今年找个女友冲冲霉气,兴许一切就否极泰来了。"

小马喝了口酒说:"我就不信,这鬼地方这么安居乐业了,都几年了,就没出过事?"

陈乘点了点头说:"还真是,这几年真的是没出过什么大事。前段时间有学生说女厕遭人偷窥,但那都是屁大点的事啊。"

那事后来是小马处理的。小马穿着军用皮鞋,将偷窥的老光棍一顿狠踢,踢断了光棍的两根肋骨,后来就放人了,那人也没来找过小马的麻烦。小马心里最恨的就是偷窥,而且是躲在厕所里偷窥。这事让小马小小得意了一段时间。

小马说:"最近学校都还好吧?"陈乘说:"好多了,只是现在的学生越来越不好管了,什么都来,和社会上的没两样。"小马笑笑说:"那是你们不敢。换了我,整死这些不知天高地厚的小王八蛋。"陈乘白了他一眼,说:"蒋校长心思压根就不在王湾这边,早就想调到市区里去了,哪还有闲心思管他们?"小马就说:"那块地现在怎样了?"陈乘说:"还能怎样?一期已经建好啦,第二期也快了,今年房价比去年的涨了一番,现在这边的地皮火爆着呢,承包商来争了好几拨,其中的猫腻还不知有几多呢!这群王八蛋!"庐米捅了捅陈乘说:"你这话在学校可别当着同事说,会得罪人的。"陈乘说:"大不了把老子开除。不干了,这狗×的老蒋,三天两头往城里跑,请人唱歌跳舞，天天洗桑拿，管过我们吗？"

当晚小马喝了不少的酒。他的酒量比陈乘的差一些，可是他比陈乘敢喝，也没见他真正醉过。小马将瓶中的最后一杯酒给陈乘倒满，对他们坏坏地笑："你们打算什么时候修成正果？"陈乘打马虎眼混了过去。酒足饭饱后，小马去结账，看见一个熟悉的车牌号从身边缓缓驶过。结完账，小马用力地拍了拍陈乘的肩膀，笑了笑说："早点修成正果吧，可别像我孤魂野鬼一个，死了没人晓得！"小马跨上摩托，将油门踩得呜呜响。庐米拉了拉陈乘的衣角说："小马，你喝得不少，要不别骑车了，和我们一块儿回学校挤一挤吧。"小马扬了扬下巴说："时间还早呢，这么点事，你担心我什么？！再说了，去你们那儿打扰你们的好事呀？"庐米说："就没见你正经过！"小马不说话，和陈乘对视着，坏坏地笑，然后一溜烟地跑了。夜色朦胧，江边的装饰灯陆续亮了起来，红蓝相间，如歧途中的太虚幻境。小马看了看时间，加大油门，突突作响的摩托车像只猎豹，在茫茫夜里搜寻。

陈乘和庐米回到学校，打小马的手机。手机是通的，但是没人接。陈乘打了好几个过去，依旧没人接。后来手机索性关机了。庐米说："不会出事了吧？"陈乘凝神思考了片刻，说："小马你还不知道？坏不了，不然也不会关机的。"庐米还是不放心，临睡前给小马发了一条短信，问他到家没有，让他开机后给他们回个信息。

夜里很静，老宿舍的楼道里有几只老鼠，带着一群子孙在那儿吱吱叫，大概是饿得发慌。有教师从王湾镇买来许多老鼠药，真的假的好几大包,曾毒死过几只,但后来就不管用了。据说老鼠非常聪明,误食毒药,临死前也会拼命挣扎,留下遗嘱,以免同类再受毒害。于是鼠药失去作用了。老鼠们精明透顶,伤透了庐米的心。庐米赤身裸体地坐在陈乘的身上,她拼命忍住呻吟,生怕隔壁的同事听见。木床尴尬地响应,动静比老鼠们的叫声有过之而无不及。陈乘说:"出来了。"庐米说:"有没有射在里面?"陈乘嗯了声。庐米拧了他一把,赶紧下床。他翻身将她抱在怀里,摸黑拿床头的纸巾擦拭身体,说戴了套的。他们原本计划"十一"结婚,再要个孩子,但庐米她家那方的意思是得先在市区买套房子。人家说得也有道理,没有房子,结婚的事可以缓一缓。王湾这边刚纳入军州的开发蓝图,据说这儿要建一个高新区,以至于近几年军州的房价有些烫屁股,让人坐不住。两人攒了几年的钱,原本打算先付首付,买一套小户型的,没想到一夜之间,原来的首付钱都不够塞牙缝了,结婚的事也就只能再缓一缓了。

　　庐米打开手机,看了看时间,已是凌晨两点半。发过去的信息如泥牛入海,小马那边的手机显然还没开机。庐米又说:"小马不会出事吧?"陈乘有些不耐烦地说:"他是警察,警察会怕谁?"庐米想想,说得也是。她还想说小马这样下去不行,但她忍住了,没说出来。

2

尸身是在稻田发现的。死者是个胖子,白色衬衣配黑色西装长裤,鳄鱼牌皮鞋,穿着考究,可以断定是个有钱人。是那群捉泥鳅的小孩子发现的。有个小孩捉泥鳅的时候看见了一条蛇,吓得惊慌失措,连连倒退,一脚踩到那只手,低头一看,吓得差点连命都没了。

接到案件后,小马和所里的同事几乎都赶了来。水稻田尚未收割,被踩得东倒西歪,现场一片混乱。那些小孩子哪懂得保护现场,发现尸体后纷纷作鸟兽散,所有的证据都没了。

拍了照,拉了封锁线。小马站在小马路边抽烟,和同事一起等局里的人过来。这条小马路便是通往王湾中学的必经之路。中午时分,秋天的阳光混合着汗水,令人窒息。王湾的许多人都听说了这桩无头命案,纷纷赶过来看热闹。黑压压的人群沿着马路站开,像一条巨大的蠕动的毛毛虫。有人踩倒了水稻,和农民发生了口角,相互吐出一些很脏的字眼,唯恐杀伤力不够。王湾有很多年都没有发生过命案了,更不用说这么令人刺激的无头命案。这一案件在王湾很快引起了轰动。

一直忙到下午一点多,小马他们才每人吃了份盒饭。小马打开手机,便看到了庐米发来的短信。小马打了过去,庐米问他昨晚怎么了。小马打着哈欠说:"喝多了,吐了一地,睡过去了。"庐米说:"现在才醒啊?"小马说:"早醒了。我正在处理一桩谋杀案呢,有个胖子的头不见了,尸身被扔在水稻田里。"庐米啊了一声,说:"别吓我。"小马说："有什么好吓人的？是人又不是鬼。"庐米说："人死了不就成鬼了嘛。"小马说："有空再过去找你们玩。"于是挂了电话。

下午四点，小马被叫去局里开会，被临时抽调到刚成立的专案组，一起协助破案。"首先得确认死者的身份。"小马坐在角落里抽烟，一边听队长老尹分析。墙上的幻灯片让他有些片刻的恍惚。他的笔记本电脑里下载了许多犯罪学的电子书，一有时间他就温习。在警校时，他对反侦察有着极高的悟性和兴趣。"犯罪是一门科学"，这是小马一段时间以来挂在嘴边的口头禅。老尹抬起头，望了眼正在仰头发呆的小马："小马，你说说自己对这桩案子的判断。"小马回过神，求证似的望了老尹一眼，耸了耸肩。

"从死者的体形看，应该是中年人；穿红色内裤和袜子，基本可推断今年是死者的本命年，那么他的年龄可能是四十八岁。死者皮肤细嫩，一副养尊处优的样子，应该是个有钱或权的人。"所有人都在听他说话。小马清了清嗓子继续说道："抛尸的地方，是通往王湾中学的必经之路，差不多是死胡同。死者应该是被外地人开车运至此，然后抛尸的，本地人不会傻到将尸体抛至此处。现在的任务是尽快找到案发现场，只有找到了现场，才能发现线索。"

老尹将烟屁股摁灭在烟灰缸里，喝口茶说："你讲了他妈一通废话，以后有什么事记得请假，早上敲了半天门才来，手机也关机，一点纪律性都没有。"

小马强忍住哈欠，解释说："昨夜一个朋友过生日，很晚才回，所以睡得太沉了。"

老尹板着脸说了声:"散会。"

周边的人陆续走出会议室,只有小马依旧靠在椅子上,他发觉宽敞明亮的办公室天花板的吊灯处竟然也有一只不易被人察觉的蜘蛛,连清洁工都没发现。不知怎的,小马很想将那只蜘蛛弄下来。他仿佛看到单身宿舍的盆栽上正缠着一张巨大的蜘蛛网。

3

黄昏时分有人报警,又出现了新的案情。死者的头在距王湾中学两公里的江里捞了上来,用一个红色塑料袋装着。打鱼的人一网捞了上来,拎了拎,不知是什么东西,解开一看,差点晕过去。

显然被毁了容,面部被剁得稀烂,头顶稍微有些秃。现场已经被封锁,刑警和法医正在忙着拍照和录像。那只塑料袋是某个超市的,只是上面全都是日文。塑料袋上的文字很快被翻译了出来:"减少污染,保护环境"。

回到局里,所有人都凝视着幻灯片发呆。这样的塑料袋在王湾这一带似乎很少见。

到底是队长有经验,意识到了事情的严重性,赶紧向上级做了汇报。

"狗×的,难道是日本人干的?!"张韶轻轻地说了这么一句,令人有些忍俊不禁。"立刻调查这只塑料袋的来源,"队长表情严峻地说,"出了这么大的事,别还不当回事,小心你们的饭碗!等DNA检测结果出来,看是否和尸身吻合!"老尹一训话,自己也感到有些惶然,如果检测结果不吻合,这意味着王湾又出现了一起新的命案,就在五十年国庆这节骨眼儿上。

大家全都屏息凝神,昂首挺胸地望着队长。小马望着法医忙碌,他有些莫名的亢奋。

王湾从未出现过如此大的案情,大家平时哪见过这么大的场合?连夜开完会,天亮后到下面去走访调查,一直忙到中午十二点多才赶回来匆匆扒了几口饭,紧接着又是开会,又让人在王湾四周张贴了上万张认尸布告。不知是谁给本地的新闻媒体透的风,一窝蜂地赶来采访,围了个水泄不通。老尹皱着眉头,显然已是沉不住气了。

塑料袋上除了那个渔民的指纹以外,再也没有找到其他任何痕迹。警方再次对周围地形仔细勘察了一遍,依旧没找到一丁点有价值的线索。现场似乎被人精心破坏过。走访回来的人也大多一无所获,大家都累得够呛,偷偷骂娘,"十一"长假看来又要泡汤了。据法医报告,命案是九月十日夜里十二点至两点左右发生的。走访回来的人说:"目击证人很难找,那时大多数人已经沉睡了。或者说,根本就没有目击证人。"会开到天麻麻亮,还没有一点头绪,小马感到大脑在一丝丝地发麻,他伏在桌上,很快就天亮了。

4

法医报告一出来，果然落实了老尹心中最为担忧的隐患。化验结果，头和尸身并不吻合，显然属于两个不同的人。老尹颤抖着手对大家说："王湾又多了一件棘手的谋杀案，真他妈的扯淡！"

大家正在吃早餐的时候，一个中年女子慌张地闯了进来。大多数人都认得这位女子，问了句"嫂子，有什么事"。女人是王湾中学蒋清泉校长的老婆，小马在王湾中学打球的时候，看到过她一次。当时陈乘投完篮，擦了把汗，对小马说："瞧见那位没有？那就是老蒋他老婆，我们背地里都叫她'扈三娘'。"小马说："本地人姓扈的倒是很少见。"陈乘说："老蒋这阵子正在和她闹离婚，这女人叫扈芹，是个厉害的角儿，火辣得很呢，老蒋哪这么容易对付得了的？"小马当时就记住了。扈芹那会儿烫了酒红色的头发，现在却是"清汤挂面"，小马倒是过了好一会儿才认出她。

给她倒了茶，待她稍稍坐定，才得知原来蒋校长已经三天没有消息了。

"我听说咱王湾出了那么大的事，听得心里慌慌，我打老蒋电话，关机。他已经三天没有一点音讯了，我有一种不祥的预感。"那女人抓着老尹的手臂，微微地颤抖。

老尹扶着她的肩说："你先喝口茶，这么大的事儿，你咋不早说呢？"

那女人就说："我以为他在和我斗气呢，所以之前两天我也没在意。不瞒你说,我怀疑他在外头有人了,只是我暂时还没抓到证据——可是这都三天了,不合常理呀,他以前从未这样过的。"

老尹说:"老蒋走之前你们吵过吗?"

女人思忖了下,点点头说:"我们这几年来没少吵过。这都是家常便饭了,以往他顶多出去一个晚上,第二天就回来了。"女人又说,"这次我有种不祥的预感,我虽恨他,但是如果他有个三长两短,那将如何是好!"说完动了情,没忍住眼泪。

备案登记完毕,大家又安慰了她一番。送走扈芹,老尹的心情变得出奇地复杂起来。他不敢往那方面想,蒋清泉的为人,他略知一二。如果不是因为性贪,两年前他就该被调往军州教育局去的。组织考察期间有人检举在王湾中学的扩建工程上,承包商暗中给了他不少的分红。此事有一段时间差点闹大,但是最后奇迹般风轻云淡了。直到最近有消息传出,年底又要调他到军州教育局去。

军州方派来的专案组在宋警官的带队下,下午便赶到了王湾。新的专案组很快便成立了。因为宋警官他们还未吃饭,老尹便在马兰花酒店安排了个包厢替他们接风。老尹给宋警官他们分发完烟,问他们喝什么酒。宋警官面无表情地说:"随便。"老尹对小马打了个招呼,提了两瓶五粮液上来。一瓶子酒下去,宋警官开始训话。小马他们个个耷拉着头,唯独老尹脸上依旧堆着笑。

通过颅骨复原技术鉴定,死者的面容渐渐浮现出来。这是局里大多数人都认得的一张脸。老尹的头嗡的一声,心里有些说不出的滋味。电话拨过去,一刻钟不到,那个女人就来了。所里顿时鸡犬不宁,女人的哭声非常尖厉,像在敲一面破铜锣。

老尹硬着头皮对女人说:"他嫂子,事情已经这样了,现在的重中之重,是如何抓住凶手,早日还老蒋一个公正。"他忍住了一句没说,那就是"得赶紧找到老蒋的尸身"。尸身会在哪儿呢?老尹眯着眼,烟雾袅袅升起,软芙蓉王的烟味弥漫在整间办公室里。女人的嗓子一会儿就哑了,声音听上去像是换了一个人。她拽着老尹的肩膀说:"我知道肯定是她干的!这婊子害死了我男人!"老尹警觉地说:"她是谁?"女人说:"我也不晓得,外边风传老蒋在外头有了一个相好的,除了她,还会有谁呢?我家老蒋又没有跟谁结下深仇大恨。"说完又是一顿号啕大哭。

待女人稍微平静一点,宋警官让她回忆蒋清泉遇害前出门的情况。女人说:"那几天,我们一直在闹,他逼我离婚,我不肯,于是就闹。"她望了眼宋警官,语气稍显得平缓,说,"也没闹得太严重。学校里的人都晓得,我们都闹一年把了,都习以为常了。只是他出事的那天,显得有些焦躁不安,发了火,还砸了一只花瓶……学校里的人都晓得,我只是嘴皮子上厉害了点,其实我很怕他发火的,于是我就没再和他吵了,下楼找人聊天和打毛线衣去了。我回来时大概是晚上八点,刚好碰见他下楼,于是问他去哪儿。他没好气地回了句:'找我相好的去,你管得着吗?'我当时气得想和他……后来想想就忍了,他走后三天都没回来,直到,直到……"

宋警官在一旁静静地抽烟,他只抽自己带的万宝路。小马偷偷打量着这个瘦小的宋警官:看上去五十开外的样子,一双阅人无数的眼睛盯得人发毛，一本正经的样子。小马心里骂了声"装×"。宋警官将整个身子缩在椅子里，手里转动着一支水笔。小马不知他心里在琢磨些什么。女人显然也知道他的警衔，两人以往的争闹，通通避重就轻。小马不由得又深深望了女人一眼。

"当真就没谁见过蒋校长的相好的吗？"老尹问。女人说："我也是听外面风传的。你晓得，我家老蒋年底说是要调到军州去，于是外面便传出了许多话头，说他在外头包养了人。这些我也是半信半疑的。"宋警官将茶杯放在桌子上，清了清嗓子说："空穴来风不成？你最初是听谁说这个事的呢？"女人瞅了眼宋警官，说："我现在大脑全混乱了，哪还记得这些？我只是一直觉得老蒋有什么事瞒着我。有一回洗他衣服的时候，我闻到过一股香水味，我从不用那种香水的。如果不是近距离那个了，香气怎么会这么浓烈？所以自那以后我就有些怀疑他了。但是他死也不肯承认。"

"他平时喜欢做些什么？"宋警官说。"他没有什么特别的爱好，喜欢待在家里看足球比赛，还爱唱歌。"这个女人说。"他不是常去军州的舞厅唱歌吗？"老尹说。女人说："有段时间他是常去的。"从王湾开车去市区大概有半个小时的路程，老尹也坐蒋清泉的那辆别克君威去过一回。那些高档夜店消费高得离谱，不是一般人能去的地方。老尹说："你一个校长，哪有这么多钱去这些地方？"蒋清泉拍了拍他的肩膀，说："你急什么？"老尹知道他的学校扩建，中间有大把的油水可捞，他不愁没人来找他送钱、帮忙。

5

派出所沿着这条线索，派人去军州蒋清泉常去的夜店打探。回来的人说，蒋清泉自从有了"小蜜"后，很长一段时间没去光顾了。特别是国庆前这段时间，上面查得很严，各个夜店也是门可罗雀。有一条线索引起了大家的重视，那就是，有人透露，蒋清泉在军州有一个"小蜜"，名字叫小米，是长春人，以前在春天巴黎夜总会待过一段时间，后来就辞职了。

队长老尹已经连续几夜没睡好觉了，他和小马两人坐在台阶上抽烟。老尹说："再过两个月不到我就要退了，没想到这节骨眼儿上偏偏出了这等案子，难道这是天意吗？"小马说："您注意点身体，别连日劳累，不是我们年轻人的身子骨了。"队长瞅了瞅四周，见没人，对小马说："小马，你说说这案子有把握吗？"小马见队长瞪着他，似乎他眼中便有他要的答案。小马摇了摇头说："我也不晓得，只是觉得有些玄乎。"老尹叹了口气说："是啊，这根本就不像是普通的刑事案，凶手很有可能是受过专业训练的。我当警察这么多年，一般的凶杀案一看就知，只要仔细侦查，一定会找出点蛛丝马迹出来，按图索骥，案件最后十有八九就破了。可这个，什么都没有留下，那现场后来我又去过两次，还是什么都没得，凶手太专业了，知道我们想要什么。"小马说："队长，你去找过那个打鱼人吗？"老尹说："当然啊，在局里把打鱼的审问了两天，最后没证据，放了。我看不像是打鱼人做的。"小马将烟踩熄，没表态。老尹拍拍小马的肩头说：

"我老啦,毛主席老人家说得好,'世界是你们的,也是我们的,但是归根结底是你们的'。"小马笑了笑说:"不,还是你们的。"

小米在军州一个高档小区被找到了。她显然没想到蒋清泉已经命丧黄泉,愕然地望着突如其来的警察。她很配合,问什么答什么,一副楚楚动人的样子。小马内心像给什么挑了一下,有些疼痛。他想起自己以前在王湾中学谈的英文教师女朋友。她们长得有几分像,白皙的脸,五官精致,特别是嘴角,都微微有些上翘,右边有颗米粒大的美人痣。小马望着小米,有些出神,他觉得那姓蒋的死有余辜。

小米说,九月十日晚上九点多钟,他们吃完饭回到家。

"不久,十点多钟的样子,蒋老师对我说他要出去办点事,让我别等他,先睡,然后他就出去了。他的车在楼下发动的时候,我还特意打开窗户看了眼。"

"那他后来给你打过电话没有?"

"没有。"她小声地说道。

"你们俩是什么关系?"

小米有些窘迫地抬起头望了小马一眼,做了一个难为情的表情。

"这房子是你的吗?"小马说。

她点了点头。

"是你买的还是他给你买的?"小马接着逼问了一句。

"他买给我的。"她回答说。

"他最近的一段时间里有什么异常吗?有没有得罪过什么人?"

"具体我也不知道,只是这几天他的情绪有些暴躁,他也不和我说是什么事。他这人从不轻易袒露心机的。那晚都十点多了,我洗完澡刚出来,听见他接了一个电话,然后就说有点事,让我别等他,先睡。"

"你知道是谁打的吗?"

她摇了摇头:"他们好像在电话里吵了几声,但是并没有太失控。然后他就走了。"

录完笔供,大家又开始探讨案情。根据扈芹的回忆,死者走时随身携带着一个提包。提包里有手机、钱包等物品。小马说:"你晓得卡里有多少钱吗?"扈芹警觉地摇了摇头。问她卡号,她也说不知。"他的钱我都不管的。"扈芹说。

银行方面调取的资料显示,死者蒋清泉的银行卡并没有异动。

"凶手并没有急着去取钱,难道这并不是一起抢劫杀人案?要么就是这凶手高深莫测,智商非常高,他晓得一取款就会露马脚,给警方留下线索。"老尹分析说。

"那要不要通知银行方冻结账户?"李奇说。

"通知银行方,只要有人动这个账户,马上通知我。"宋警官又说,"其他的线索有没有进展?"

经过排查塑料袋的来源,终于有了线索。这是军州一私人书店的购物袋。只是书店并没有装摄像头,又在一条偏僻的小巷子里,四周均没有监控录像。这是一家偏重于人文社科类的书店,据老板说,平时来购书的大多数是对此有爱好的高端读者,以知识分子和大学生居多。

但是据扈芹说，蒋清泉平时并不爱看类似的书。他学的是理科，以前教的也是物理。"去他家的书房看过，书少得可怜，更别提人文社科类的书了。"侦查员说。

中午从电信部门传来的资料显示，最后给蒋清泉打电话的那个手机号码，是军州的号。专案组很快查明是一个名叫王建德的人打的。不仅扈芹认识这个叫王建德的人，所里的人差不多都认得他。此人是军州一家房地产开发公司的老总，曾经承包过王湾中学的扩建工程项目，有一段时间常来王湾督促工程进展，请所里的人喝过酒。

老尹手机里存了王建德的号码。他拨过去，对方的回复是"不在服务区"。老尹一连打了十来次，均被告知"不在服务区"。宋警官冷冷地望着老尹说："你怎么用自己的手机打呢？如果他就是凶手，刚好知道你是警察，那你岂不是给他通风报信？！"

老尹蒙了一下，连连点头。

好在小米所住的小区门口就有监控摄像头。调取录像发现，晚上十点十五分，蒋清泉驾驶着他的那辆银白色的别克君威出小区后一直往北边的迎宾大道而去。沿途继续调取监控录像，发现别克君威在拐入青河大道后经过第三个红绿灯，停进了一家咖啡店的停车场。他们马上找到当天晚上的服务员，因为时间没过很久，服务员还记得很清楚。她说："是有一个微微秃顶的人和一个胖子坐在那个十八台角落里聊了一个小时左右。"两人还喝了一瓶红酒。但是两人没有大家像预料的那样出现争执。

"感觉是朋友在聊天，氛围很好。我倒红酒的时候，那位胖的客户还和我开了一句玩笑。"服务员说。

监控录像显示，那胖子就是房地产开发商王建德。

几乎在同一时间，这边刚联系上王建德的家人，他家人也报了警。王建德的老婆颇有几分姿色，长得有些像某个电影明星，蜂腰大胸，烫着最新的发式，是个大美人，看上去不到三十。

她说，王建德已经失踪了，打他电话也不接。她所说的几乎和蒋清泉老婆说的情况如出一辙。"要是他在外有了'小蜜'，我可饶不了他。"那女人狠狠地说道。

6

晚上喝酒的时候，这起耸人听闻的案件便成了固定的话题。小马面对庐米和陈乘的不断提问，有些厌烦起来。他将一只空瓶子扔进了江里，耸了耸双肩说："你们风光无限的蒋校长没想到就这样断送了，昨天兴许还活着呢。"庐米说："蒋校长这人要是收敛点，早就调到上面去了。那块地的油水太多了，有人向上面检举，去年就有人来调查了。"陈乘说："调查个屁，就是下来要钱的，嫌他打发得有些少，于是便拽着他尾巴，故意让他难堪。"

"按理，蒋校长早就该上升的。因为纪检委员下来调查情况，这事情多少有些令他脸上无光，升迁的事便一直搁到上月才正式有眉目。蒋校长还未来得及调往军州教育局，便已是无头尸体一具了。"

庐米说。

"人算不如天算,他妈的,今朝有酒今朝醉啊。"陈乘说,"谁知道这狗×的会死呢!"

"照我说,那个开发商王建德更应该死,这些没天良的人,把军州的房子哄抬成这样,怎么就不死呢!"庐米补充道。王建德承包了王湾中学的扩建工程项目,有一阵子,小马常常瞧见一辆崭新的雷克萨斯停放在学校的操场上。那个蓄着络腮胡子的矮胖男人,便是军州一带非常有名的开发商王建德。王建德是见过小马的,但肯定不记得他了。小马却认得他,有一阵子他常请局里的人在王湾的一家娱乐城唱歌、喝酒。只是王建德把心思全放在队长老尹身上,每回必醉,自然也就忘了小马。

小马和同事张韶敲开蒋校长家的门,说明了来意。蒋校长的尸身依旧未能找到,过去几天了,他们没有任何头绪。他的遗像放在家里最显眼的地方,这几年,他明显发福了,有了双下巴。小马鞠了三躬。小马开始打听蒋校长最近的情况。他老婆扈芹一见小马便止不住泪水,用了一大包餐巾纸还不能平静。

"谁都没想到啊,"她说,"老蒋怎么会招来杀身之祸呢?我脑壳都想破了,谁会这么狠心,将他置于死地呢……他要抢劫啥的也就算了,干吗还要杀了咱老蒋啊?而且这么残忍的……"说到此,扈芹已是泣不成声了。小马安慰了几句,又望了蒋校长的遗像一眼,感觉蒋校长正在瞪着他看。小马的脊背有些发凉,内心怦怦地响,如坐针毡。离开了死者家,小马骑着摩托车赶往局里。他看到水稻田的某处已经开始收割了,开了一个豁口,像头被剃光了一块。

回到局里,他看到只有李奇和张韶在坐班,其他的同事都出去了。李奇说:"银行方面早已布控,只等犯罪嫌疑人前来上钩。这是一条非常重要的线索。"小马喝了一口茶,"要是犯罪嫌疑人不上钩呢?"小马吐掉口中的茶叶,说道。"啊,这怎么可能?你想,犯罪嫌疑人抢走了他身上所有的财物,不就是为了钱吗?不是为了钱,他干吗冒着杀头的危险抢那些东西?"小马耸了耸肩说:"但愿如此吧。"张韶一个人坐在那儿反复地查看着视频录像,突然说道:"你们过来看看。"张韶指着两个截屏说:"这辆摩托车在好几个红绿灯口都出现过,在蒋清泉的车后。"小马的心口紧了紧,他握着鼠标说:"我看看。"果然如张韶所说的。只是在最后一个十字路口,摩托车并没有继续跟上,而是往右边拐去。小马说:"要是跟踪,他应该继续才对啊?"张韶和李奇凝神了一会儿,点了点头:"说得也是。"两人盯了一会儿,索然寡味地走开了,李奇聊起最新款的苹果手机。小马静静地坐在那儿,反复地查看录像,他发现那辆摩托车三四分钟后又拐了过来,往前方而去。对方戴着头盔,画面中什么也看不清。

小马签完到,走回宿舍,将盆栽又重新放在阳台上。这是他每天必做的事,没有一天会落下的,除非他没有回宿舍。他望着那盆昔日绿意盎然的植物,经年累月,它渐渐变暗,像失去了维持生命的勇气。

蒋清泉银行账户里面的数目,令所有人都感到吃惊——四百多万,分别存在三家银行。这个数字单纯靠他的工资,显然这辈子都难以实现。小马不禁想起那女人的眼神,心中更是多了一层厌恶。"难怪陈乘他们这么大的怨气,活该他死!"

7

银行方面传来重要消息:中午十二点钟左右,在军州灵府区一家中国银行的自动取款机上发现了重要线索,一个戴鸭舌帽和墨镜的男子在自动取款机上取走了两万元。

狐狸终于露出尾巴来了。听到这个消息大家都有些振奋。小马对正抽闷烟的头头说:"看来这个案子有破的可能了。"老尹深锁着眉头说:"我就说嘛,天底下的抢劫犯不都这德行?"小马做了一个古天乐式的微笑,伸了伸懒腰。

秋天阳光明媚,是打篮球的好天气。以往这时没事的话,小马早已在王湾中学的操场上活动开了。他想晚上去找陈乘他们打场球,于是给陈乘打了个电话。

陈乘在那头说:"×,都什么时候了还打球?我们学校现在乱成一团了。"小马说:"死的又不是你,急什么?课照样上,球照样打,你的生活继续。"

从银行的监控录像看,取钱的人三十岁左右,刻意伪装了一番,用鸭舌帽和墨镜盖住了大半张脸,穿着黑棉布长衬衫。取完钱,这个人就骑着一辆无牌照的摩托车往南边走了,路口的摄像头跟到灵府区长春大道附近,线索中断。长春大道附近是一片开发区,前年刚建的幸福花园小区,第一期工程已经完工。附近还有一些老房子,是"城中村",里面居住的大多数是外来人口,鱼龙混杂。

8

晚饭后,陈乘和小马一起打球,刚从师范毕业的几位年轻教师也一起加入进来。个个血气方刚,龙腾虎跃。小马打了半场,便感到有些累了,坐在边上看他们打,拼命喝水。他虽然只比他们大了一点点,却感觉自己已经老了,心里说不出来的空虚,找不到任何东西可以填堵。小马将空矿泉水瓶子拧巴成一团,远远地扔出去。操场的跑道上,穿着崭新校服的学生们排成一个个方队,正准备国庆时的演习。广播里播放着雄壮的爱国主义歌曲,学生们"一二一"地不断反复地进行着踏步练习,稚嫩的口号飘荡在操场的上空。陈乘下场来喝水,见他在观望,便说:"班上有几个学生家里困难,买不起校服呢,还他妈我垫的钱。"小马说:"非得穿校服吗?"陈乘说:"校方要求统一穿校服,衣服都是军州一家衣服厂定制的,做得很差,学生还非买不可,这里面肯定有猫腻,他妈的。"小马揶揄着说:"这是不是你们蒋校长的指令啊?"

在陈乘家冲完凉,两人相约一起去吃烧烤。陈乘又问起案子的进展情况。小马没有告诉他实情。"要是有这样的一种情况:在咱王湾发生了几起恶性杀人案，然后周边也发生了几起，紧接着军州、慧州、宁州同步进行，省城也四处有案件爆发，这样蔓延至全国，岂不是星星之火可以燎原了？"陈乘听完小马的话，哈哈大笑："照你这样说，全国的公安系统就瘫痪啦。"小马严肃地说："我说的是假如真有这样的情况……如果他妈的他们全部串联起来同一时间动手，我们还有什么办法？"陈乘笑着说："你这个想法很危险，我要是警察，就把有你这样想法的人全部逮起来，宁可错杀一千，不可漏网一人！"小马说："'引刀成一快，不负少年头'。"

小马有预感，这桩案子已经被他们打开一道缺口了。这是他祈愿的，但他又有些说不出来的滋味。

那群刚毕业的师范生也来了。陈乘一一向他们介绍小马。"这是我哥们儿，是个警察。"陈乘呵呵地说道。小马向他们扬了扬酒瓶子，算是认识了。其实小马并不大愿意和这群人在一起。他不晓得自己为什么会有这种奇怪的想法，是因为他们比他年轻吗？

不知道喝了多少酒，小马越喝越清醒。小伙子们个个越喝越激动，从美国谈到伊拉克，又谈到钓鱼岛和朝鲜半岛，最后谈起了理想和房价，群情愤慨，个个骂娘。小马很少说话，只和陈乘碰杯，或者一个人独饮。一旁的庐米看着有些不对劲儿，问小马："没事吧？"小马说："没事，早着呢，喝吧！"话题又转移到了蒋校长身上。蒋校长的尸身还没找到，小伙子们纷纷猜测他们的校长是不是得罪了何方神圣，以至于落得这么个下场。其中的一个问小马说："现在案子有眉目了吗？"小马用力望了他一眼，故意摇了摇头。那小伙比他要小一两岁,就说:"我不是针对你说的,现在这些警察净他妈流氓,一说'扫黄',劲儿十足,一说'打黑',个个龟儿子似的装着。"旁边的同伴捅了捅他。小马说:"没事,你说吧,我不生气。"那小伙又说:"这次的案子说不定啊,就是故意不给破,怕拔出萝卜带出泥来,当时闹拆迁的事多大动静啊,要不是警察出面,那不得闹到省里去了不是?你们那是拿人钱财,替人消灾啦。"

小马皱了皱眉头,嫌他说话声音尖,有些刺耳。那小伙喝高了,话很多。陈乘暗地里推了推他肩部,示意他少说几句。小伙说:"你推我干吗?你朋友是警察我就不该说了吗?这是事实嘛,谁不晓得现在警察就一拿执照的流氓!"小马的心里很烦躁,也不完全是听了他的话的缘故,他很想做点什么,努力地证明点什么。他很想敬他一杯,于是提起一只啤酒瓶子走到那小伙跟前说:"来,哥们儿我敬你。"那小伙摇摇晃晃地站起来拨开他的酒,当作没明白。小马心里有些火,一杯酒全洒在小伙的脸上。那小伙像触电似的,推了小马一把,哗啦一声桌椅倒了一地。小马心里的火苗腾地一下,全冒了上来。他一脚踢向那小伙的肚子,待他捂着肚子还没有来得及反应,抡起一支啤酒瓶,哐当一声,砸在脑壳上,全碎了。

小马愣了愣,手里握着酒瓶颈。倒在地上的小伙已缩成一团,哪还有反抗的余地?他的同伙纷纷揪住小马,一团混战。这边的陈乘和庐米干着急,谁还听得进他们的劝阻?小马到底是练过的,再者那些人哪见过下手这么狠的,都有些怯他。小马拿着破酒瓶颈四处挥舞,见人就扎,一时谁也不敢近身。小马歇斯底里地号叫着:"来呀，来呀，狗×的怎么不敢过来？不怕死的就过来呀！爷我反正也不想活了，和你们一起死算啦！"

看到这阵势，即便是陈乘也惊呆了。两人交往了好几年，他从未见过小马这么狠的一面。这时又来了许多老师，将小伙们纷纷拉开。这边陈乘也赶紧上去夺下小马手中的瓶颈。小马的手被划破了，流了不少血。小马双目圆睁，怒发冲冠的样子。陈乘拍了拍他的肩膀，小马朝他吼了句："来呀！"，满脸的杀气，骇了陈乘一跳。受伤的小伙被送往医院了，小马过了好一阵儿才回过神来，对陈乘和庐米说："对不起。"大家都感到很尴尬。小马有些懊悔地说："当时我怎么也控制不住自己的手，其实我并不想揍他的。吓坏你们了吧！唉，我也不晓得自己为何这样，我只是受不了别人说我们是流氓或坏人，你晓得，我受不了的，我只想当个好警察……"

9

第二天一大早，小马接到老尹的电话让他回警局，便知道没什么好事。老尹握着茶杯在办公室里踱步，小马坐在沙发上琢磨着该怎样解释打架的事。老尹停住步子，扭头望着小马说："你还想在我这儿干吗？"小马站起来，叫了声"所长"。老尹不耐烦地挥了挥手说："你是觉得在这儿待，委屈了你，是吗？"小马嗫嚅着，不知说什么。老尹又说："还以为你是块料呢，没想到节骨眼上净给老子添乱！"

老尹以前从未这么训过他。小马听了心里很有些不是滋味。他知道老尹比较器重他，也向上面推荐过两回，至少面子功夫是给他做足了。这次老尹训话声音洪亮，在整间办公室回荡，他一点脸面也没给小马留。小马灰溜溜地从办公室走出来，同事都装作没听见，继续忙活。

如果换作以前，小马肯定会下定决心，要做出点模样来让老尹瞧瞧。这天他却心如止水，很平静。

侦查工作的范围逐渐缩小。整个上午，小马和李奇都在幸福花园小区附近暗访。幸福花园小区的右边有一条小道，边上是一片商铺，绕过商铺再进里面，豁然开朗，是十几年前就废弃了的汽车站。这儿属于城中村，人流量大，各种各样的人都有。小马载着李奇，骑摩托在城中村的小巷子里穿梭。以前这儿有一个地下赌场，两年前因为有人向上面举报，派出所的人来过，捣毁了这个赌场，还抓过两个庄家。这事当时还上了本地的电视台。小马说："嫌疑犯说不准就在这儿附近，也和我们一样在转悠着呢。"李奇将烟点上火，放进嘴里说："咱玩的是猫捉老鼠的游戏。不过我觉得，这只老鼠并不太聪明，逮着它是迟早的事。"小马说："人家为什么不聪明？"李奇说："要是换了我，还抛什么尸体，挖个地方埋了不就得了？非得闹出这么大动静来，弄得人心惶惶的，好像在和我们斗着玩呢！"小马说："人家难保是希望动静闹得越大越好呢，他就想看到这个效果。"

中午接到消息，犯罪嫌疑人已经基本锁定。外号"李疤"的人有重大的作案嫌疑。李奇把消息告诉小马时，差点乐起来："没想到吧？就是那小子，你也认识的，他娘的李疤！"

小马认得李疤，而且跟他比较熟。李疤的家就在王湾中学的旁边，学校扩建时强拆了他家，他就搬迁到军州郊区的一小区去了，从此小马再也没见到过他。他曾处理过李疤两次，都是因为他赌博。这人嗜赌如命，这恶习是去部队之前就有的，没想他退伍后，恶习依旧未改，反而变本加厉了。李疤干得动静最大的一件事，莫过于前几年的拆迁事件。

那时小马还刚来王湾不久，局里就遇到一件棘手的案子。王湾中学要征地扩张，把周边的一百亩地全征收了，为的是争创省级重点中学。周围都是一些农田和民居，开放商和校方团结一批，震慑一批，然后再打压一批，绝大多数人都乖乖搬迁了。唯独李疤一家，任凭开发商和校方嘴皮子都磨破了，也不肯搬迁。李疤在王湾也算得上一号人物，早年当过兵，退伍回来曾帮人跑长途，将本地的小乳猪拉到广东去卖，曾赚过一笔钱，后来不知怎的就出事了。据说是赌博的恶习害的，他回来的时候，额头上多了一道骇人的褐色刀疤，有孩子暗地里叫他"圆月弯刀"。李疤一家就住在王湾中学附近。他父亲常年在学校食堂当锅炉工，后来因为拆迁不积极，被学校辞了。李疤提的要求是在城里要一套房子。王湾离军州城区不过二十来里路，李疤放出话来："不给我在军州弄套房，谁拆我砍谁。"

这事让蒋校长大为光火。他当时已经申报了"省级重点中学"，已经通过，只等秋天评审团下来走走程序，做做样子，这事已差不多板上钉钉了。更重要的是，上面拨了一大笔钱，用作王湾中学的扩建经费。上面一心想将王湾中学打造成高新区的一所名校，故而加大了文化这块的投入。李疤他家就在开发版图的核心位置。他家有个大院子，占了百十个平方米，让工程无法顺利地开展起来。这简直成了蒋校长和开发商的肉中刺。李疤那阵子吃定了这块肉，在王湾骑着摩托，心中的小算盘拨得叮当响。后来的强拆是李疤始料未及的。李疤怎么也没想到挖掘机会开到他家来。当时是白天，侦查的人回来说："李疤家没有人。"挖掘机就突突地开过去了，压断了正在上茅房的李疤父亲的一条腿。李疤那天正在王湾某个地下赌场打牌，听到信儿，气得火冒三丈。当时来了许多警察，小马也在。

小马看到李疤提着一把杀猪刀，拉风似的冲到废墟堆上叫嚣："我×他祖宗十八代的蒋清泉和王建德！"他的嗓子喊了没几声，全沙哑了。小马当时从警校毕业没多久，还未见过这场面，有些胆怯。李疤挥舞着刀："谁也别过来，我要杀了他们这些狗×的王八！"

李疤手里时刻握着那把锋利的杀猪刀，守在校门口，口出狂言，说要杀了王建德、蒋清泉。那些日子蒋清泉和王建德吓得都躲着，不敢露面。

当时局里连夜紧急开会，商议对策。蒋清泉那会儿还没这么发福，头上打了啫喱，很讲究的样子。他和开发商王建德连夜赶到派出所找队长老尹。后来的事，小马便不晓得了。当时局里曾想向上面求援，但是很快没人再提。"对外封锁一切消息，严禁记者探访。"这是队长给小马他们下达的指令，"必须以最快的方式息事宁人。"李疤在校门口守了三天，他得到了军州郊区的一套商品房。当然，他的那把杀猪刀最终也没有落到王建德和蒋清泉的脖子上。王湾中学第一批崭新的教学楼区很快赶在评审团下来之前顺利竣工。王湾中学也很快挂上了"省级重点中学"的牌子。

小马和李奇紧接着又骑车去了李疤住的小区。居委会的负责人是个秃顶的老头子,他打量了小马和李奇几眼,明显有些顾虑,直到他们出示了证件才放下心来。"不瞒两位说,这阵子许多人都来找李疤,李疤这人没得救了。"李奇说:"为什么来找他?"秃头将烟屁股扔到门外,眯着眼睛说:"找他要债呗,据说他赌博输了,将自己的那套房子也抵押出去了,依旧没扳回本,反而新添了不少赌债,这些日子常有些不三不四的人来找李疤讨债,这狗×的不知躲哪儿去了,倒是搞得我们鸡犬不宁的。早年我听人说他和一个女子好上了,那女子待他很好,但是据说他把房子赌输了,那女子很失望,就走了。多好的姑娘啊,这狗×的不争气。"

李疤的家有铁将军把关,小马他们打开门进去时,闻到一股呛人的霉味。沙发上落满了灰尘,看上去好些日子没人住过了。小马将情况向老尹做了汇报。老尹那边让他们赶紧回去。老尹说:"已经发现李疤行踪了,这小子在兰博玩地下赌场已经赌了三天三夜,没出来过。"小马说:"让我们现在去抓他吧?"老尹说:"你们回来吧,没你们的事了,宋警官已部署完毕,抓捕的人已经在路上了。"兰博玩赌场小马晓得,就在他们上午去过的城中村里面,离老汽车站不远。小马打完电话,对李奇说:"老尹叫你回去。"李奇说:"那你呢?"小马皱了皱眉,点燃一根烟说:"我刚才头痛得要死,今天刚好没事了,去吊瓶水,待会儿就回。"

10

小马拦了一辆出租车往兰博玩赶。无论如何,李疤这小子都是一个可恶之人。小马联想起李疤身上的种种罪恶,仿佛给自己增加了无穷的勇气和正义感。他想亲手抓住他,恨不得杀了他。

兰博玩地下赌场在军州远近闻名,庄家已经换了好几茬。赌博这种东西,自古有之,屡禁不止。前几年上面风头紧,查得厉害,捣毁了几次,赌场全部转入地下,这些年又死灰复燃了。小马在兰博玩转了一圈,没发现李疤的影子。他将墨镜摘了,又在赌场里逐个儿地看了一遍,依旧没看见李疤。小马渐渐紧张起来,他不知道李疤是否就躲在暗处,已经认出他来了。他随便向一个赌徒打听,那人望了眼小马说:"找李疤什么事?"小马说:"讨债。"那人豁嘴笑了,说:"那敢情好,李疤这狗×的这几天输疯了。"小马说:"他在哪儿?"那人说:"刚才还在的呀,"指了指东边的那桌说,"刚才还在那'诈金花'的呢,今天手气比昨日还臭。"小马走了过去,挤在人群里,见四人正围坐在一张小方桌上玩诈金花。并没看到李疤。小马有些纳闷儿,刚走出地下室的出口,只见小巷口把风的人飞也似的往地下室狂奔,朝里大喊一声:"警察来啦,大家快跑!"

人群顿时稀里哗啦乱成了一片,纷纷作鸟兽散。小马站在门口,赌徒们如丧家之狗一个个往门外狂奔。小马看得眼花缭乱,突然一个身影从他眼前一晃而过。小马心里咚的一声响,喊道:"李疤!"

那人慌张地回了一下头,正是李疤!

李疤愣了一下才认得小马,吓得魂都没了,三步并作两步跨,一个箭步冲了出去,进了一条胡同。小马紧跟其后,追了上去。李疤边跑边回头,眼看没路可走了,慌忙上了一栋楼。小马也跟着上去了。只听上面的楼梯传来咚咚咚的脚步声,像打闷雷似的。小马便喊了声:"李疤,你今天跑不了啦,赶紧给我站住!"李疤没作声,一口气跑到了七楼的顶层。上面是个楼梯间,有扇门,通往天台。

小马冲上楼梯间,李疤把门死死抵住。小马用脚狠狠地踢着门说:"李疤,你逃不掉的,赶紧自首吧。"李疤隔着门说:"马警官,求你了!放我一马吧,我被逮着就死定了。听说蒋校长死了,头也被人割了,但这事真不是我干的。"

小马说:"不是你干的,那是谁干的?你开门来说个明白。"李疤说:"真的不是我干的,我只想教训他一下,没想过要杀他……我肠子都悔青了,求你了,马警官,放我一条生路吧,以后我做牛做马报答你。"

小马说:"我不求你的报答。像你这样的人渣,世界上多你一个不如少一个呢!"李疤说:"我出去就死定了,妈的,我怎么会走到这一步啊……"

小马没再说话,他退了几步,一个飞腿朝门重重地踹去。薄薄的木门板应声而破,小马一个鱼跃冲顶钻了出去。李疤挥舞着一根木棍，他伸手挡了一下，手臂顿时一阵灼痛，木棍上的铁钉撕破了手臂一大块皮，顿时鲜血直流。小马咬牙瞪着李疤，将衬衣撕了一块包扎伤口。两人就在天台上对峙着，一方拿着木棍子，一方拿着枪。

小马用枪指着李疤说："信不信我一枪打死你？"李疤的脸色茫然又绝望，他拿不定主意该如何是好。小马说："将木棍扔了，举起手来跟我回去。"李疤摇了一下头，歇斯底里地喊道："我真的没杀他，那事情和我无关！"小马说："回去再说吧！"李疤摇了摇头，扔掉棍子，跪倒在地上说："马警官，我求你放我一条生路吧，我欠阿娇太多了，我得还她。"小马说："你现在才知道忏悔啊，有什么用呢？你赌博的时候怎么就不记得阿娇了呢？房子都赌掉了，你还好意思说阿娇？"

李疤低着头沉默着。小马又说："她早该走了，跟了你，害了人家一辈子，你这种人渣就该早点送阎王殿去！"李疤涨红了脖子，举起手来说："好，你抓我走吧！"

小马从腰间掏出手铐，走到他跟前说："想清楚就好。"李疤的手刚触到手铐，一下条件反射似的蹦了起来，一手拍掉了小马的手枪，两人顿时扭成一团，在天台上扭打起来。李疤在部队待过三年，比小马高出一头，小马一时半会儿拿他还没办法。他很想去够地上的手枪，刚够着，被李疤一脚又踢开了。

有那么一会儿，小马很想杀了李疤。李疤就像一条上岸垂死挣扎的鱼，他怎么也按不住。这条鱼的求生欲超乎了他的想象。两人又对峙了一会儿，谁也干不过谁，都累得气喘吁吁。小马觉得肺部里的氧气都被吸光了,有种被掏空的感觉。再继续下去,干三天三夜,他也未必能取胜。小马甚至想过放他一马,盼他赶紧滚蛋。但李疤显然没领会他的意思,紧紧地扭在一起。两人相互掐着脖子,掐得双眼直翻白眼。小马感到快要窒息了,先松了手。李疤也赶紧松手,两人都累瘫了,像虾米一样蜷曲着,捂着胸口大口大口地吸气。小马感到一种从未有过的充实感,这种感觉失去许久了。他想终于干了一件牛逼的事。喘息片刻,小马摇摇晃晃先站起来,李疤疲惫至极,也只好站起来。他站起时顺手捡了地上的木棍。小马看了一眼李疤手中的木棍,很想对他说:"够了,狗日的快跑吧,我放你了。"还没等他说出口,李疤手中的棍子就朝他脑门挥过来。小马听见自己像只冬瓜一样发出一声闷响,重重栽倒在地。他渐渐地失去了知觉。

11

李疤还没跑下楼,就被赶到的警察抓了起来。陈乘赶到医院时,小马已经被紧急送往军州的武警医院了。陈乘又赶紧去了军州。小马躺在ICU,还没醒,医生说情况不容乐观,敲他脑袋的木棍上有颗生锈的铁钉,钉子扎进了小马的右脑。和陈乘同去的还有小马的同事李奇。陈乘无比沮丧地坐在桑塔纳警车里抽烟,一言不发。李奇说:"这小子是脑子进水了,如果等我们一起来,怎么可能出这样的事?!"当晚,医院连下了三道病危通知,陈乘六神无主,替朋友祈祷,心里五味杂陈。

局里连夜审问李疤。小马的同事们将满腔怨怒全撒在了李疤身上。李疤显得异常沮丧。

老尹和宋警官亲自审问,李奇当记录员。小小的审问室里密不透风,烟雾萦绕。老尹开门见山地说:"没什么好隐瞒的了。""当然你也可以不说。"老尹瞅了瞅他,咬咬牙根,阴沉地说道。李疤抬起头说:"人不是我杀的,我只打了他一顿……"宋警官说:"你打了谁,说清楚点!"

"……蒋清泉,我打了他一顿,只想教训教训他,没想到他后来就死了,头也被人割下来了,这事绝不是我干的。我发誓,人要是我杀的,死了没人给我收尸。"

"你还想有人替你收尸吗?"老尹说道。李疤愕然望着老尹,声音软了下来:"人真的不是我杀的,我犯不着杀他。"

老尹厉声道:"快说那晚是在哪儿干的!"李疤哆嗦了一下,说:"在南塘。"

南塘那边的现场保护得还算不错。下了一夜雨,夹竹桃上还挂着水珠。李奇他们在芦苇丛中找到了那辆坠入沼泽丛的别克君威。很快确定了这是蒋清泉的车。路面上的泥浆已经被雨水冲得有些模糊,依稀可见几个大脚印和轮胎刹车的痕迹。那片沼泽地不是很深,别克君威陷进去了一半,再也没法往下沉,被水草遮盖了。技术人员从前门驾驶室的车门把手上抽取到了李疤的指纹。现场有搏斗过的痕迹,脚印也和李疤的吻合。"这些都是铁证啊。"宋警官瞧着这些物证,对老尹说道。"我就知道这小子不是什么好东西,以前他赌博,我们处理过他好几回。狗改不了吃屎,这世界上,好人就是好人,这坏人哪,您甭想指望他会有'回头是岸'的那天!"老尹说得有些来劲。

再次审问李疤时,老尹显得平和了不少。李疤很配合地回溯了下当晚的情形。

"……十一二点钟的样子,我给蒋清泉打了个电话,说有样东西想给他看。刚开始他不肯答应,但是后来他就来了。我说在南塘那边等他,让他把车开到那儿见我。"

"你给他什么东西看?"

"是一些照片。他老婆扈芹不放心,说他在外面有新欢了,让我去跟踪掌握证据,她说事成后给我两千块钱。那段时间我老输,也是被逼债逼得没法子了。于是我就去了。那老蒋果然在外面有女人,是个女孩子,叫小米。我跟拍了好几天,他们也没有发现。我直到手中掌握了足够的证据才撤。那会儿我正准备回家,鬼使神差的,我就想,他娘的扈芹才给我两千,太少了点。因为我连他们上床的证据都掌握到手了,觉得有些不甘心。于是我想再在蒋校长那里敲一笔,让他吃个哑巴亏。于是我对蒋校长说,我手中有他和小米的裸照,问他想不想看?他起先还不信,直到我把跟踪他的经过详细说了一两点,他才相信,于是就过来了。"

"后来怎么打起来的?"

"他认得我,一下车就将我呵斥了一番。他妈的我最讨厌的就是别人趾高气扬地骑在我头上拉屎,以为他是什么圣人君子似的,心里便有些火。他说:'照片呢?'我就说:'你给我一万我就给你,保证不告诉扈芹。'他说没带这么多钱。我问他身上有多少,他说只有两三千。我说:'那等你拿够了钱再说吧。'他就急了,下了车来跟我理论。他以为他认得我,我以前住在学校旁,他对我太熟了,就一点也不把我放眼里。我他妈的又不是吓大的,于是趁机狠狠地教训了他一顿。他打不过我,跑进车里想溜。我拉开车门,又把他拽了出来。我承认当时确实有些失去理智,将他打了个半死。他哀求我放过他。我见他那孙子样,更想狠狠敲他一笔,于是拿了他的钱包,让他说出银行卡的密码。他很怕死,什么都和我说了。完了,我把他们的裸照给他看了看,说,他如果报警,我就把裸照放网上去,让他永远也翻不了身。"

"拿了多少钱?"

"三千。"

"后来呢?"

"我就走了。我只揍了他一顿,不可能致死的。"

"你拿了他手机没有?"

"没有。"

"你难道不怕他拿手机报警吗?"

"当时我在慌乱之中,没想到这些。当时我听到有摩托车从那边驶过来,连车灯都看到了,吓得半死,怕人看见,于是就跑了。第二天我听说蒋校长死了,吓得半死,要不是这几天输得没路可走了,给我天大的胆子我也不会冒险去取钱的,我实在是被逼得没办法了,不还就要剁手啊!蒋校长真的不是我杀的!"

"你还记得你父亲是怎么死的吗?"老尹说道。

"那都是多少年前的事了,再说也只压断了腿,躺了一年多后才死,都这个岁数了……我也得到了房子,我已经忘了那事儿了。"

"不,你一直想着给你父亲报仇。你的房子不是已经赌输抵押出去了吗?所以你现在更恨蒋清泉和王建德他们。你想方设法让他们得到报应,是不?那天晚上你杀了蒋清泉后,心想,一不做二不休,杀一个也是杀,杀两个也是杀,于是用他的手机发短信,让王建德也前来送死。"老尹咄咄逼人地朝他说道。

"尹队长,我真的是跳进黄河也洗不清,我没拿他手机,蒋校长那时还好好的,至多受了点皮肉伤。"

"当时那辆摩托车过来了没有?"宋警官问道。

"没看到,但是我听见了声音。"

12

扈芹一到就开始撒泼。女人说:"难道你们要指控我雇凶杀夫吗?我请个人跟拍自己老公有没有出轨,有什么错吗?!"又说,"我再怎么傻,也不至于傻到雇凶杀夫这地步,他也不至于让我恨到那个程度。"

老尹说:"你认识李疤吧?"扈芹说:"李疤就是我特意请他去跟拍我丈夫的。没想到这狼心狗肺的东西会干出这样的事来。"老尹又说:"难道你之前就不晓得李疤是个什么样的人物吗?!"扈芹说:"没想过他会去杀人,鬼晓得呢!"

陈清泉和小米的艳照是在李疤的女友阿娇那儿拿到的。李疤租住的是矿院家属楼的一套房子,九十年代的老建筑,隔音效果奇差。阿娇此时才晓得李疤出了事。面对突然而至的警察,惊愕地捂着五六个月身孕的肚子,连声问他们要干什么。

"干什么你还不晓得吗?李疤杀人了!"

阿娇捂在肚子上的手悄然无力地滑落下去,脸色顿时变得恐慌不安。

"这是怎么回事儿?他怎么会去杀人?"

"他不仅杀人了,而且杀了不少。我们的一个警察现在还在医院抢救呢!"

阿娇说:"他在哪儿?我要去见他。"

"你现在见不着他。"李奇瞅了眼女人,说:"你晓得照相机在哪儿吗?"

女人一脸茫然地说:"李疤答应过我的,他说再也不会干坏事,他答应过我的,他说他是个好人……"她喃喃地说道,泪水缓缓地从眼眶里流了出来,"我相信他是个好人,他只是嘴硬,杀鸡都不敢,他不会干出这样的事的……"

照相机很快找到了。里面的艳照一下子让李奇想起了"艳照门"

事件。走出阿娇的家,几个人又轮流看了一遍,纷纷说道:"这蒋校长真他妈的会摆姿势玩花样,扈芹要是看了这些照片,还不得气得直打战?"

国庆将至,连续加了两个通宵,大家都期待案情有新的突破,李疤在里面杀猪般号叫着,任凭警察怎样审问,就是不承认人是他杀的。"让他狗×的扛,总有一天他会扛不住,会招出来的。"李奇将身子挡住摄像机,朝审讯室里的同事说道。

别克君威的车身上发现了大量的喷溅状血迹。根据技术人员做出来的效果图片,凶手趁蒋校长不注意,从背后持利刃砍断了他的脖子。藏匿好尸体后,又用同样的伎俩骗王建德下车,最后杀死了他。现场抽取的车轮痕迹非常模糊,像是被人精心破坏过,又下了雨,基本上识辨不了,没有线索价值。

两天两夜的审讯下来,哀号声渐渐弱了下去。天亮时分,李疤终于交代了,人是他杀的。

"是扈芹让我干的。她说事成之后给我五万块钱。于是我就干了。你们晓得,我赌博,欠了许多赌债,我没脸回家见阿娇。她待我那么好,我到这个地步了,她还不弃不离地跟着我。外面人都以为她走了,可她还是回来,死心塌地地跟着我,这辈子我欠她太多了……"李疤说完,呜呜地哭了起来。

"那你为什么要杀王建德?"

"我……"李疤结结巴巴地嗫嚅了半天,"尹队不是说了吗?反正杀一个人是死,杀两个人也是死。那天杀的王建德早该死了,将我家房子拆了，还轧死了我父亲，他凭什么就能开着雷克萨斯住别墅？还不是压榨我们的血汗钱得来的，我早就恨死他了。"

"他的尸首现在哪儿？"

李疤说："我抛在南塘附近的沼泽地了。那儿方圆几十里都没人，也打不了鱼，于是我就抛那儿了。"

忙碌了大半天，几十个搜寻回来的人都纷纷骂娘。

"这狗×的李疤肯定是在骗我们，鬼影子都没找到一个。"

老尹走进审讯室，用手捏着李疤的下巴说道："死到临头了，你就说点人话吧！马上就要国庆了，狗×的！"老尹走出审讯室，站在外边抽烟，听见里面李疤绝望地喊道："你们快杀了我吧，让我早点解脱，我真的什么也不知道！"

这天下午，李疤翻供，又说杀人和扈芹没有任何关系，他欠了大笔赌债，想在蒋清泉和王建德身上敲上一笔。他说了两三个藏尸地点，一会儿说抛尸江底，一会儿又说埋在某某地方了。警察前往搜寻，均未果。尸身地依旧下落不明。

"那晚上，我用买来的砍刀在蒋清泉脖子上砍了一刀，然后割掉他的头。"李奇念道。"狗×的，是一刀，一刀下去头就断了！"李奇拍着桌子吼道。

"对，对，我忘了，是一刀下去头就落地了。我用早已准备好的塑料袋，将他的头包起来，将尸首搬进车的后备箱里藏好，然后又给王建德发短信，让他来。"

"短信内容是什么？"

"是……是……"

"狗×的,你又忘啦?"李奇朝他吼道,"你记性放哪儿去了?故意的是吧!"

"不是的,我记得了,才背的,我想想。我说:'你来南塘这边,我在这儿吹风,有点事想当面和你说说。'"

"嗯。"

"他过来后,下了车,走到我坐的车旁,问我:'蒋校长呢?'我没有说话,他好像认出我来了,一个趔趄,退倒在地上。我提着刀下了车,将他砍了,然后割下头来,将蒋校长的别克君威推下水。"

"等等,过程呢?"

"我先用拳头打他,将他打得差不多了,才用刀的。"

"嗯……你那晚骑了摩托车没有?"

"没有。南塘离我租住的房子不过一两公里,我是走路去的。"

"他娘的,你就是不老实。你分明是骑了车的嘛。现场都留有你摩托车的车轮痕迹!"

"是的。我忘了。我是骑了我那辆破摩托。我将摩托车在灌木丛藏好,然后开着他的车……"

"后来你开着王建德的雷克萨斯去哪儿了?"

"我记不得了,我头在嗡嗡响,什么也不记得了……总之他们是我干掉的!"

"我×!"

13

小马出事后,老尹只来看过一回。小马死后,老尹替他向上面打了个报告。上面同意为小马立一等功,并追授他为英烈。小马火化那天,全王湾的同事差不多都去了,唯独老尹没去。李奇问他为什么不去。老尹说:"我老了,你们代我去吧,国庆一过,我就退休了,这碗饭,我也吃到这份儿上,差不多了。"

案子只能算是破了一半。国庆节前一天,大家在大富豪包了两个大包间,开始庆功。宋警官和老尹分坐在上头,彼此在一起多日,早已熟络了。宋警官举起酒杯开始庆功,大家屁股蠢蠢欲动,待他说完,纷纷站起来碰杯。只有老尹心事重重地坐在那儿。之前老尹特意去了趟那家书店,老板望着李疤的近照,坚毅地摇了摇头说:"从未见过此人,额头上有刀疤是很好记的。"那天他小口小口地抿着酒,破天荒地没有去敬宋警官。

检察院那边把李疤的案子退了回来,要求重审,批条说本案疑点太多,而且那辆雷克萨斯以及两受害人的尸骨李疤都无法解释清楚去向。但是李疤杀了小马是板上钉钉的事实。十二月份的时候,从麻源方向传来重大消息。麻源离军州市中心七八十里,是军州的郊县。河道到冬天就进入枯水期,河床裸露出两三米深。他们在现场不仅发现了王建德的那辆雷克萨斯,而且在后备箱里找到了王建德和蒋清泉的尸骨。这两个人的尸骨在里面摆了近两个月,终于重见天日,只是已经高度腐烂,后备箱里的恶臭味熏得法医们个个叫苦不迭。可惜的是，因为时隔已久，麻源的收费站里两个月前的监控录像早已覆盖。

14

国庆那天，陈乘站在操场上，大声地对自己所在的班级训话："待会儿一定要保持好队形，千万不要乱套，不要开小差做小动作。经过主席台前时，要大声呼口号，给我用力喊。"这天王湾中学的操场上，几十个班级排成方阵，学生们穿着整齐崭新的校服，正在准备最后的彩排。为了庆祝国庆，他们这个月每天早晨五点半就起床，开始练习走正步和喊口号。新的校长是个年富力强的年轻人，比陈乘大不了多少岁，他和军州教育局的领导坐在主席台上，正等着看国庆"阅兵"仪式。

陈乘领着班级的学员走在最后，他们前边方阵的口号一浪高过一浪，振聋发聩。

"扬帆起航，奋勇拼搏！"

"好好学习，报效祖国！"

陈乘面无表情地走到主席台前，他的大脑一片空白，他的学生喊了什么，他一点也没听进去。就在这天上午，他的好朋友小马，在医院昏迷几天后，再也不能和他一块儿打篮球了。

"阅兵"完毕后，学校开始放假。陈乘赶往军州的武警医院去看望小马。小马的看护医生说,小马是上午十点钟左右去的,之前清醒了五分钟左右,再次抢救时已经来不及了。

"大脑受伤严重,即便救得过来,也是个植物人。"主治医生说道。

"醒来时他说了什么没有?"

主治医生说:"你是陈乘吗?"

他点了点头说:"我就是。"主治医生望了他一眼说:"小马说很想和你去马远……后来他还念了一首诗,叫什么《忘川》来着? '今后我要乐于服从命运,就像一个命中注定的人……'后来的我忘了,我只含糊记得这句。"

陈乘想不明白小马会想和他去马远。马远在哪儿?他一脸的迷惑。陈乘后来用手机上网查了查《忘川》,才知道那是法国一个诗人写的一首禁诗。陈乘坐在医院走廊的长椅上,喃喃地念道:"像顺从的殉教者,无辜的囚人,由于狂热而更加受到苦刑……"陈乘反复地回味着这首诗歌,才猛然想起小马以前偶尔提到过,他曾有一段时间喜欢诗歌。只是他羞于提及,从不向人说起。陈乘将手机关掉,哆嗦着摸出一根烟来点了,从走廊里贯穿过来的风一阵比一阵阴冷,冷得他牙关直打战。烟雾萦绕中,他依稀看见一个熟悉的人影从走廊尽头走来,咚咚的脚步声沉重而富有节奏,闹出了很大的动静。

枪毙

1

我是被那个噩梦惊醒的。外边天刚蒙蒙亮,我听见梓树上已经响起知了的声音。没想到它们起那么早。我赤脚跑到娘睡的房间敲了敲门,娘在里头迷糊地应了一声。不一会儿,门吱呀一声开了。娘问我怎么起这么早,我揉了揉眼角说,我梦见我爷被人害了,他血淋淋地过来和我告别。我娘连朝我额头扫了三下说,大清早莫乱讲!

秋天的晨雾透过纱窗一阵阵地袭了过来,我感觉有些冷。天边已经露出一线鱼肚白,像割开的伤口,慢慢溢出鲜血般的红。我赤着脚跑到庭院的南瓜藤下,撒了泡尿。宽大的南瓜叶上落满了露珠和垂死的萤火虫。尿滴落在叶上的时候,我又想到了爷爷。"水壶,替爷爷报仇,爷爷是被他们害死的。"爷爷矍铄的面容仿佛就在眼前,他浑身都是血,把他的山羊胡子都染红了。

中午爸爸回来,我又将梦告诉了他。他迟疑的表情中带着些许惊诧。的确已经有半个月没给爷爷去过电话了。自从我家搬到洪江做木材生意后,回家的次数就变得屈指可数。父母每天都有忙不完的事,他们恨不得把睡觉的时间也用在赚钱上。

电话那头是一连串忙音,连打了几个都是如此。搁下话筒的时候,他们错愕地朝我望了一眼。凶兆。我心里嘀咕了一下。

再过几天就是中秋节。按照惯例,每年的中秋节我们都会回老家过。这个计划半个月前就和爷爷讲好了。爷爷一听见我会回来,高兴得不得了,他的声音都在颤抖。小时候他曾带过我五年。那五年是我最自由快乐的时光,我成了小伙伴们的核心人物,我给他们讲在洪江玩的电动火车和遥控坦克,收获了小伙伴们一片艳羡的目光。那时他还没留山羊胡子。放牛的时候,他就把我放在牛背上,然后笑话我坐在牛背上吓得哭鼻子。我已经记不得他早些年的模样了,这几年他衰老得很快,以一种我措手不及的速度老去。

一个小时后,村支书来了电话。电话那头难掩他的恐慌。话筒从我爸手中滑落,悬在空中,弹了弹,始终没有碰着地。

我们回来的时候,家里已经站满了警察、法医和无数乡邻。他们将爷爷栽种在庭院里的茄子辣椒踩得东倒西歪。我一眼就看见倒毙在墙角的老黄狗,心里顿时一酸。它跟随我家十年了,忠心耿耿。我猜它一定是护主心切,碍着了他们手脚,才遭的毒手。

我看到被绑在椅子上的爷爷。他被一根麻绳五花大绑着,嘴里塞着一块毛巾。和梦中不一样,他身上一点血滴都没有。我听见娘在号啕大哭,父亲站在一旁,脸色苍白。爷爷的眼睛是睁着的,他直直地望着我们,甚至夹杂着一丝愤怒。

我家的大彩电、冰箱、洗衣机、DVD被洗劫一空。这些都是父亲孝敬爷爷的，爷爷常以这些引以为豪，夸父亲是个孝子，得到乡亲一片啧啧的夸赞。因为这个，我们回家次数也一年比一年少。生意很忙。爷爷每次问我们什么时候能回趟家，我们找到了一个天经地义的借口。不做生意，就没钱，也就不可能买这样那样的东西。终于有一天，爷爷再也不催问我们回家的事。他只沉默地注视着我们。有时一个人静静地坐在庭院的老藤椅上翻看那本破旧的《圣经》。

五斗橱、床和衣柜被翻得底朝天。爷爷总爱将钱藏在米缸底。父亲探手进去，果真掏出一沓钱，三千块整，用橡皮筋扎着，那是父亲这些年给他的零用钱，他一分也没舍得花。父亲的眼泪就下来了，他剧烈地哽咽着，脖子一梗一梗的。我仿佛又听见爷爷在说："嘿嘿，水壶，这钱我给你存着，等你长大考上大学当学费呢！"

我的眼泪也下来了。泪水滑过鼻翼，凉凉的，很快我尝到了一股又咸又苦的味道。我后悔暑假没答应爷爷回家，我在，爷爷或许就不会遭此横祸了。

一连几天，我都在回想着那个梦。爷爷临走前，只向我告了别。他一定舍不得唯一的孙子。我想象他那略显孤寂的眼神，心中顿时燃起一团复仇的怒火。我非亲手宰了他们不可。不管他们是谁。

一个礼拜后，放牛的阿三在后山的一个岩洞里，发现了洗衣机和电视。那个岩洞我小时候也曾去玩过，里面黑乎乎的，散发着一股野兽的臊味。他们常恐吓我里面有蛇。前年一对男女躲在里面偷情，被女人的丈夫逮着了，赤身裸体地扭送到村支书那里。这桩丑闻很久后，依然是赶集的路上一个绕不开的话题。

要将这些电器搬到岩洞，需要一番力气。而且知道这个岩洞的人，基本是本地人。想想爷爷可能死在一群熟人手里，我心里更加难过起来。没想到这些电器最终害了他，给他带来了杀身之祸。警察们按图索骥，陆续又找到了DVD和冰箱。前几天这里刚下过雨，泥土松软，现场留下了无数只模糊不清的脚印。警察们正在忙碌着，从众多的脚印中提取有价值的线索。中午的时候，又下起了稀稀拉拉的小雨。那些小雨滴在芋头叶上不断聚集着，形成一颗颗晶莹剔透的珠子。风将阔叶轻轻地摇曳，雨珠不留痕迹地沿着叶脉滑动。我的脑海中飞快地闪过一张张熟悉和陌生的脸。他是谁？

娘唤我回去吃午饭，她把嗓子哭哑了，听上去像换了一个人在说话。我蹲在院子里的桂花树下，毛毛细雨透过树叶缝隙，钻进我的脖子。我想象老黄狗伸出热气腾腾的舌头舔舐着我脸的情景。它被爷爷喂得油光水滑，人见人爱。爷爷挂在堂屋墙壁上的二胡还在。每到夏季傍晚在院子乘凉时，爷爷就会取下二胡，拉上一曲。他拉《二泉映月》就像阿炳在拉一样，有回我见他拉着拉着，就哭了。

我房间里贴的李小龙的海报还在。那是我在洪江街头买的。那阵子海报正流行古惑仔，留着长发的郑伊健一身青龙的文身，肩头扛着砍刀，目光冷峻，后面跟着几个小弟，酷呆了。但我不喜欢。我只喜欢李小龙。挥舞着双节棍怒目圆睁的李小龙是我很长一段时间里膜拜的偶像。为了练习双节棍，我让爷爷给我也做了一副。晚饭后，我爷就看着我在院子里一边挥舞着双节棍一边怪叫，把他逗得哈哈大笑。

墙上的李小龙目光像刀子似的扑了过来。我顿时想起《唐山大兄》里他那怒火燃烧的拳脚。有那么一刹那,我听见了捏拳头时发出的声响。再用力,却什么也听不见了。我用力掰着指关节,让它们逐一发出响声。房间有些潮湿阴暗,已经进入了秋天的雨季。我感觉到爷爷就在我旁边,在黑暗的角落里,静静地看着我。他看着他的小孙子如困兽一般,却再也无能为力。

街上罗屠夫的摊前稀拉地立着几个人。每个人嘴上都巴着一根过滤嘴。他们在聊六合彩的事。有人建议罗屠夫今晚把"马"的四个数全包了。

"不信我的你就等着后悔吧!"

有人表示反对,说买"猪"才对。他都去问过神婆了,说今晚的生肖是猪。

大家七嘴八舌起来。他们中有人已经留意起我了,眯着一双被烟熏得睁不开的眼说:"你就是莫廷才的孙子吧!"

还未待我点头,已经有人提前插嘴替我说了是。

他们的表情一下子严肃起来。话题的中心点便转移到了我爷爷身上。他们说我爷爷生前如何的好,做了多少善事。大家对这个突然的遭遇表示唏嘘和感叹。我的目光一一从他们脸上滑过。换做以前,我肯定早红着脸低头走了。爷爷死了,我现在倒什么都不顾了。我想他们被我的目光震住了。我看到有些人脸上流露出了不自然的表情,仿佛我在盯着一个凶犯在看。肉摊旁边不远处,摆着一张破台球桌，几个我已经不大认得的愣头青正光着膀子挥杆击球。台球碰撞的声音在阴雨天显得有些沉闷。光头李搂着他的马子坐在一张塑料椅子上——那位在广东认识的贵州妹，染着一头酒红色的长发，穿着牛仔裙，在他怀里嗲声嗲气地发出夸张的笑声。那样子让我莫名地想发火。光头李嘴角轻轻扬了扬，有些不怀好意地侧视着我。扛着球杆的几位纷纷朝我望过来，都是我不认识的面孔，仿佛都是些一夜之间从石门冒出来的家伙。我看见池塘边的水泥墙上画满了各种涂鸦。黑色字迹，上面写着"枪支""迷药"，下面留着手机号。

2

我们刚吃完早饭，准备收拾碗筷的时候，就听见了哥的摩托车声。贵州女人提了一只以纯的袋子，里面鼓鼓囊囊的不知装着什么，提前踏了进来。我娘问她吃了没，她冷着脸，说还没。贵州话听了些时日，我也能听个八九不离十。我娘办不到。我娘是文盲。我爹也好不到哪儿去，出石门百里，他就摸不清东南西北了。她穿一身红色的紧身运动套装，扎着酒红色的马尾辫，远远看去就像一团火。有那么一瞬间，我的目光被她浑圆的屁股吸引走了。那迷人的曲线让人想犯罪，我的脸顿时红了。

我听见门外传来狗的亲昵声和我哥不耐烦的呵斥声。他脸色铁青地走了进来。恹恹的，一看就是熬通宵打了一宿的牌。我看见他上衣兜里的那盒拆开的软芙蓉王,蓝色过滤嘴的。他的新皮鞋上沾满了黄泥,进门的时候,使劲地在门槛石上揩着。"你这几天死哪儿了?"按照惯例,我娘开始数落他。他叼了一根烟巴在嘴上,点燃,没理她。"我八字苦啊,怎么生了一个赌棍和败家子……"我哥将嘴边的烟摘下来,伸手一挥,我娘就不作声了。他将烟深深地吸进肺里,许久也没见喷出来,仿佛在里面酝酿着情绪。"这几天有人来过没?"他斜睨了我一眼问。我摇了摇头,又点了点头。他眼里涣散的光一点点地往我身上聚集:

"谁来过?"

"前天村长带了两个人,问你最近做什么去了。"

"你怎么回答的呢?"

"还能怎么回答!就说没见你不晓得呗,总不至于说你买六合彩和赌博去了吧!"我瞥了瞥他的芙蓉王蓝色过滤嘴说,"打牌赢钱了,还是买六合彩中了?"

他乜斜了我一眼说:"不要对人说我回来过。"

他显得疲惫不堪,眼睛布满血丝,满怀心事似的,没打算再理我。我爹端着一只海碗,蹲在院子的桂花树下继续吃昨晚留下的剩饭。他吃饭总是发出很大的响声,猪啃槽似的。吃完饭,他瞅了一眼我哥,丢下一句没得救了,不声不响地扛着锄头出门干活去了。这些年来,他的话越来越少,而我娘的话越来越多。

他们吃完娘煮的面条,打开电视,开始看电视。电视信号不稳定,贵州女人让他去房顶摇天线。我哥表示了烦厌。趿拉着拖鞋爬上天台摇了几下,越摇,电视屏幕的雪花点越多。家里这台二十一英寸的长虹电视年龄已经赶得上我家的老黑狗了。贵州女人在底下骂起来,忍无可忍,也爬上天台去了。几分钟后,他们在上面不知为了什么吵了起来。我听见了从天台上传下来的争吵,一声比一声响亮、尖厉。

"我要回家!"

贵州女人哭号着扬言不想活了,要从天台上跳下来。我哥从身后紧紧抱住她。她的双脚在空中一顿乱踢。扎的马尾散了,酒红色的头发遮盖了她的半边脸。

她的尖叫声吓坏了娘。她捶胸顿足地站在院子里,还没从中弄清来龙去脉,只大声央求他们赶紧下来,有话好好说。"我再也不相信他的鬼话了!"贵州女人哭得最响亮的那会儿,我哥放在茶几上的手机振动起来。是一个叫张金的人发来的短信,我随手拿起来撳了下,上面写着:快跑,大肥被抓了!

我走出来的时候,他们终于已经冷静了下来。我哥沮丧地蹲了下来,双手抱头,那样子看上去像个被抓现场的通缉犯。贵州女人开始收拾衣服行李。显然她还没有从刚才狂风暴雨的情绪中刹住车。她麻利地收拾停当,拖着拉杆箱就要走,就像半年前她从广州跟随我哥回到石门一样。我娘说:

"好端端,你们这是闹哪样?"

"你去问你儿子,看他干了什么好事!"她仿佛不甘心,瞥了她一眼继续说道,"我才晓得我存折里的钱全给他买六合彩了!这天杀的!我再也不管他了!"她气得脸色发青。

我哥没好气地说："去他妈的，要走赶紧走吧！"这句话一出口，女人就像听到了发令枪，我娘怎么拦都没用了。我看见那两瓣被运动裤紧紧裹住的屁股一扭一扭地迈出我家的院门。那是一个秋日的下午，天气阴沉，没有风，没有阳光，院里落满了银杏叶，空气中飘荡着一股衰败和死亡的气息。我哥坐在院子里的小板凳上，抓着手机，脸色死灰，眼角布满了无数条纵横交错的血丝，样子有些瘆人。他发了很长一阵子呆，突然哆嗦了一下，仿佛很冷的样子："……莫老爷那事，是我干的……我最近手气背，买六合彩和打牌统统输……"我妈听了直接晕厥了过去。

他胡乱地抓了几件衣服，问我妈钱藏在哪儿。我妈醒过来，喉咙像堵了个东西，许久才发出一声凄厉的长号。他转头问我："你那儿有钱吗，有的话给我，警察就快来了！"

他的眼神让我感到一阵陌生和害怕。

我摇了摇头，将兜里的钱全掏了出来："我兜里只剩十块钱。""别说我回来过！"他一阵小跑出了院门，紧接着门外的摩托车轰隆响起，我跑出去的时候，那条灰白色的小马路扬起一长串灰尘。他的背影越来越小，最后化为一个小黑点，彻底消失在二〇〇五年的秋天。

3

阳光很好，夏天已经接入尾声。再过一些时日，即将迎来秋天。

秋去秋又来，这漫长而短暂的一年，终于快要熬到了尽头。昨天晚上，我吃到了这大半年以来，最为丰盛的一顿晚餐。看分量，盘子里是一只完整的鸡，甚至鸡屁股都留给了我。此外还有一盘红烧肉和凉拌三丝。我知道这意味着什么。他们默默地望着我吃，垂怜的目光中流露出几分感叹。我的喉咙里像塞了团棉花，怎么也咽不下去。我问他们今天多少号，他们回答是九月五号。我开始哭。再过两天就是我二十岁生日。有个警察同情地望了我一眼，掏出打火机，啪啪啪地连打了二十下，说当是给我点了生日蜡烛了。没有接下来应该出现的歌声。四周又陷入我熟悉的寂静中，走廊里有节奏地响着皮鞋踩在水泥地面的声音，继而传来武姓狱警因患流感而接连不断的喷嚏声。我将很快告别这种熟悉的生活。黎明破晓，我的生命就将终止，永远停留在十九岁。听上去多么美妙的年龄，永远都不会再衰老一步。

一个月前，我就预感到了会有今天的结果。我记得和我一样戴着脚镣的老克曾问过我怕不怕死诸如此类的问题。老克进来之前，是一家常德米粉店的小老板。他和老婆两人勤勤恳恳，张罗着这家米粉店有十多年，他不知道这十多年里，老婆忙里偷闲，和隔壁小卖铺老板好上了，给他戴了十年之久的绿帽子，甚至连儿子都不是亲生的。得知结果后，老克一怒之下，手刃了"一对奸夫淫妇"，进了大牢。老克临刑前的晚上，我半夜醒来，听见他那粗犷嗓门传来的哭叫声，那声音让我一宿没睡。现在，我睁眼闭眼全是莫廷才，他正用一种悲悯的眼神在考量着我，像是上帝派来的使者。

那晚我们突然造访,莫廷才脸上并没流露出太多的表情。他问我:"光头李,这都是你的朋友?"我点了点头。"莫老爷,最近手气背,手头紧,到您这儿先借点钱活络活络。"我们开门见山地表明了来意。

"我有个卵钱啊,自己都养不活,你们都是做大生意的。"他有些不自然地干笑了两声。

"你儿子不是在洪江做木材生意嘛,还不给你钱花?"

"啧啧,这套电器家具,只怕石门没几户置办得起吧?"

他们探头探脑地上下打量着房子。

"光头李,我真没钱……"他开始哀求我。

"你要也说没钱,那全石门就没人敢说自己有钱了。"

他们纷纷露出嘲谑的表情。他的脸上逐渐显露出一丝焦急,惶惑地望着我,指望我这时能站出来说几句公道话。他要是知道我已经因买六合彩债台高筑,成天被人屁股后面追着讨债,贵州妹已经好几回和我提出分手的话,就不会拉着我的手苦苦哀求了。那只老黄狗一直在院内汪汪地厉吠,它的叫声让人心神不宁,大肥抡起锄头过去,黑暗中传来几声狗的哀鸣,院子就沉寂了下来。莫廷才脸上的沟壑聚成一团,痛苦地抽搐着。"你们是强盗啊!"他哆嗦着指头,指着我的额头说,"我是看着……你长大的啊!"为了避开他的目光,我只好打开电视机,拉了把椅子过来坐下。大彩电看起来就是爽。而他的愤慨被激发了出来,依然不依不饶地说:

"你年纪轻轻的,干什么不好,非得去打抢?"

我霍地站起来,冲他吼了声闭嘴。他被我的暴跳惊吓到了,愕然地望着我,半晌都没再说话。

我们手忙脚乱地开始翻找钱物。张金在棉衣兜里翻出五十左右的零钞,用一个盐袋装着,厚厚的一大把,可最高面额不过十元。大家开始逼问他别的钱藏在哪儿。他拉长着脸,说全在这儿了。

"就这点吗?"

"我又不开银行。"

"你骗崽呢!"

大家骂骂咧咧,继续翻箱倒柜。夜里十一点多钟的时候,大家又累又饿,再无半点新的收获。大肥说他家亲戚有把钱藏在猪圈的习惯,问是不是去猪圈找一下。张金表示同意:"你最小,你去看看!"他让我拿手电筒钻进猪圈,四处翻找了一番,一无所获。莫廷才冷冷地瞪视着我,仿佛刚才在臭气冲天的猪圈里找钱成了一个大笑话。我恼怒地剜了他一眼,问:"钱呢!"

"伢子你还小啊,回头还来得及……"他带着教化般的语调说道。这种语气,我娘现在已经不敢在我面前讲了。我从小到大,他们都是这样教化我的。我迅速地敬了他一嘴巴。他摇晃了一下,嘴角开始流血。打完后,我也有些后悔。那是我头回打老人。他们提议要是万一找不到钱,就把家电拿出去卖了。这么大的目标,而且还是一件体力活,想想就头疼。我们开始轮番逼问他钱藏在哪里。莫廷才硬是一声不哼。我已经记不得是谁先拿出绳子的了。我们七手八脚地将他绑在靠背椅上。即便这样,他也沉默着,一言不发地望着我们。

"他不怕死哩！"大肥说道。

我想起来了，他是一个基督教徒。二十多年来，他是石门迄今为止，第一个也是最后一个信徒。我瞥见了饭桌上的那本翻得破旧不堪的《圣经》。我走过去哗啦啦地翻着。他的目光紧紧地跟随着我的指头跳跃。他挣扎了几下，仿佛想过来制止我。我故意对视着他，随手撕下几页纸。他像被电击了一下，胡子都气得翘了起来。

我想我找到他的软肋了。

"你告诉我钱藏在哪儿，我就把书还你。"我说。

"我没钱！"他气吁吁地说。

他索性不再理我。

他可能知道我想要挟他的意图了。

"好，叫你不理！"

我将书撕成两半，揉成一团，狠狠地砸在他脚边。他脸色黯然了下来，换了一种悲悯的口气说道：

"上帝都在上面看着呢！"

"人死了就化为灰烬了，他老人家爱看就看好了！"我的回答逗得他们哈哈大笑起来。

凌晨三点钟的时候，我们开始抬家电。我人小，负责背彩电。这台三十四英寸的大彩电比我想象的要重得多。我想起年前的时候，贵州女人曾央求我给她买台长虹彩电，就是这个牌子和尺寸的。我没沾染六合彩的时候，她还指望过我。

大肥背着冰箱。张金背着一台洗衣机。我们看上去都如此臃肿不堪。他坐在堂屋的木椅上，目送着我们这群不速之客的离开。

"主啊！"

他的声音悲怆洪亮，我们纷纷回过头来。我当时走在最后面，他的目光几乎是冲着我来的。愤怒。嘲谑。憎恨。悲悯。怜惜。那时我真的感觉到这位二十多年的信徒那一刻成了上帝的化身，朝我伸来审判的目光。

我放下电视，转身从洗脸架上扯下毛巾，几乎是带着愤懑，狠狠地塞进了他的嘴。他呜呜呜地发出急促而沉闷的声音，双眼充满了恐慌。我心满意足地瞅了他一眼，吞了块毛巾的嘴，再也无法发出这种让人毛骨悚然的呼声了。他俩望了我一眼，带着嘉许的眼神，什么也没有讲，我们背着各自的东西趁着夜色往山洞爬去。我甚至没有回头看他，也没想过这块毛巾会要了他的命，并最终也要了我的命。

1

石门在那天以前还从未出现过如此众多荷枪实弹的武警和警察。长龙般的车队从石门唯一的街道鱼贯而出，直接往石门小学驶去。枪毙的消息整个上午就传得沸沸扬扬了。学校早早地停了课，商店也关了门，大家纷纷放下手中的活计，往正午的操场拥去。

秋天的阳光依然余威未消。死刑犯被五花大绑，背后插着一块打着叉的木牌，上面写着李秋生的大名。他踉跄地从囚车里钻了出来，两个荷枪实弹的武警左右架着他的胳膊，走上操场的主席台。坐了近一年的监狱，光头李看上去比之前还显得白净了几分。他穿着一件灰色的圆领汗衫，目光木然地伸向围观的群众。人头攒动，大家踮起脚，都想一睹杀人犯临刑前的最后风采。正午的阳光燥热，几乎没有一朵云，阳光大咧咧地直刺头顶，晒得人头皮发麻。远处是一片片金黄色的原野，偶尔能听见几声农民摔打稻谷的声音。有一会儿，大家都在聚精会神地聆听着审判宣告："……死刑，立即执行！"众人的喧哗顿时掩盖了大盖帽的声音。

"枪毙！枪毙！"有人激动地喊了起来。

汗水首先从他的光头上冒出来，然后一滴一滴、一排一排地沿着脸庞往下滑落。光头李的汗衫很快被汗水浸透，被浸透的地方，凸显出结实有力的肌肉线条。武警拧开一瓶矿泉水，凑到他嘴边，他轻轻地摇摇头，拒绝了。他开始在人群中搜寻什么。与他目光交集的人，纷纷低垂下眼睑，嫌不吉利，生怕死后被他惦记住。只有一个小孩满头大汗地从大人们的大腿丛林中费力地往前钻。最后，他终于挤到了最前面。有那么几秒钟，死刑犯和小孩的目光像粘住似的，直直地对视着。小孩紧咬着牙关，眼神里充满了仇恨的怒火，以至于那张通红的脸像着了火似的。他们就这么僵持着对视了几眼，谁也没有发现小孩是什么时候掏出手枪的。那黑漆漆的东西凶狠狠地对着死刑犯，大叫一声："爷爷，我给你报仇了！"旁边的武警都还没回过神来，只听见啪啪两声，死刑犯双眼放出绝望的光芒，霍地倒了下去。

　　小孩很快被缴了械，一脸的沮丧，气鼓鼓地盯着死刑犯。警察拿着小孩的枪，准备研究一下，弹夹突然从握把坠落，里面弹出几颗五颜六色的塑料弹丸来。人头攒动，四周被围了个水泄不通，后面的人波浪似的朝前涌着。死刑犯依然瘫软在地，嘴角翕动，豆子大的汗珠不断往下淌，溢进他厚实的嘴唇。尖锐的警笛响起，等候去刑场的囚车啪的一声拉开了车门，里面一团深浓的阴影。武警小声和他说了句什么，他没有丝毫反应，武警最后不耐烦地踢了他一脚，像捞面一样，把他一把架起，塞了进去。他奋力回了回头，发现那小孩依旧气咻咻地瞪着他。人群顿时更加嘈杂起来，有人大声吆喝，喊他名字。他安静地坐上囚车，浑身的力都卸在了座椅上，唯有大颗的泪珠从眼眶背叛似的滚出来。

雨赌

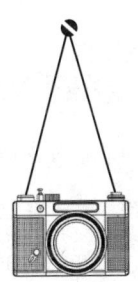

秋收过后,劳累了一年的牛也该歇歇了。几乎每家每户都将牛从栏里牵出来,一群群地往林场赶。赶到水草丰茂的地方,再解开缰绳,给牛放一个冬天的长假。每家的牛都做了独特的记号。凭借这些记号和牛脖子上系的铃铛,到了来年的春天,再上山将牛找回来。

这天大清早我们就出门了。牛还在栏里嚼着草料,撅着牛鼻子,我们费了老大劲才牵出来。二墩子、范范他们早在老仓库门前等我了。我们赶着牛群,慢慢悠悠开始出发,黄的、黑的、大的、小的,浩浩荡荡。牛一路反刍,一路拉粪,牛气冲天,捂着鼻子也休想躲过。

空气清冽,雾气尚未散去,草叶上负着厚厚一层露水,没走几丈远,我们的裤腿就湿透了,鞋面上沾满了草籽。牛一路打着响鼻,不时扭着尾巴,驱赶牛蝇。牛蝇简直是吸血界的混世魔王,长长的獠牙,一旦发现牛,就像闻到血腥味的鲨鱼,会一路跟着牛走。有回放牛,我躺在山坡上睡着了,被这东西狠狠叮了一口,那感觉,就像小刀子剜肉,痛得我差点哭出来。我们都吃过牛蝇的苦,手中的鞭子一刻也不停歇,鞭打声响彻山谷,狠狠地抽打伏在牛背上吸血的牛蝇。鞭子一响,准有被抽得血肉模糊的牛蝇滚落下来。牛不怕痛，抖一抖身，仿佛还很感激我们。和牛蝇的叮咬之痛相比，我们的鞭打就像是给它挠痒了。

路过二墩子家的时候，我看到了那个贵州女人，她大概才起床，站在门口，正在费劲地梳头。她漫不经心地朝我们瞅来一眼，画过眼线的眸子，透着一股让人怦然心动的力量。她用手指褪去梳子上的毛发，搓成一束，扔在脚下。狗一直围着她打转，摇尾巴，嗅她的裤脚。连狗都晓得围着漂亮女人转。贵州女人刚来的那会儿，曾在我们这儿轰动一时，谁也料想不到狗日的山明竟有如此艳福。据说买过来只花了两万块钱。两万块能买到这么漂亮的女人，真是白菜价了，大伙都说山明赚了。山明嘿嘿笑，压低声音说，你们不晓得，他们比我还急呢。开价六万，说一分不少，后来压到两万，他们还生怕我不肯要了。

这就有些蹊跷了，后来山明才吞吞吐吐地透露，说贵州女人身上有病，平时不发作，发作起来口吐白沫，样子怪吓人的。我不晓得卖她的是些什么人，我也不相信这么漂亮的女人会得那种病。贵州女人来这儿已经两个月了，几乎没串过门。我们经常看她坐在门槛上，红肿着眼，望着连绵起伏的群山发呆。她眼里有一股淡淡的哀愁，或幽恨……我说不上来。她说那边话，叽里咕噜的，和我们不一样，我们好奇山明和她平时怎么交流的。

"有什么好交流的，困觉就是最好的交流啦！"

"山明每晚都要烫她几次屁股。"

大伙在一块儿闲着扯淡，谈起这事挤眉弄眼的。稍大点的后生，还朝她吹口哨。山明把她看管得紧紧的，贵州女人跑了两次，最远的一次已经跑到镇上了，都给山明带人追了回来。自从二墩子娘跑后，山明打了十来年光棍，这十来年积攒的力气和积蓄，都使在了贵州女人身上。

晚上你听得见动静吗？我们打趣二墩子。什么动静？二墩子说。老鼠打洞，老汉耕田，晓得不？二墩子明白了什么，脸一红，扭头就走。他从不叫她妈。山明有次发了怒，抄起竹竿就往二墩子身上招呼，扬言要打断这条狗腿。竹竿都打裂了，二墩子仍旧不吭声。

哎，你娘在梳头，你也不叫一声？范范说。二墩子抽了牛一鞭子，明显加快了步伐。贵州女人梳完头，开始刷牙。这时山明从堂屋走了出来，瞅见我们，朝二墩子喊，放完牛，早点回家！二墩子聋了似的，没有回他爹，低头闷声不响地往山上走。

过了重阳节，山区便迎来秋天的雨季。每年重阳以后，连绵的阴雨都会持续很长一段时间。雨水将最后一批黄叶滴落，冬天也就来了。上午天色阴沉，蜻蜓压着我们的头，一路巡游。范范说，又快要落雨了。二墩子说，带了雨衣，落刀子都不怕。真落刀子，你试试？范范向他丢了个白眼。嘿嘿，真要下刀子，试一试打卵紧啊。进了林场，二墩子浑身舒畅起来，一扫刚才的沉闷。二墩子长得很结实，像头小水牛，论力气，我和范范加起来都不是他对手。都重阳时节了，他还光着脚，不仅光着脚，连件长袖都没穿，依旧套着夏天那件脏兮兮的破洞T恤，腆着个圆鼓鼓的肚皮。我和范范都瘦得跟麻杆似的，我妈说我肚子像藏着一窝蛔虫，营养都给了它们，怪不得吃什么也长不胖。

天开始下起小雨。银针般的细雨透过枝丫,纷纷扬扬地飘落下来,气温骤然下降了许多。范范说,就放这里吧。二墩子说,不往山顶去吗?范范说,你懂个屁,山顶上还没山腰草料多。我问他们带扑克了没?范范说,我带着呢。

我们将牛赶往背风的山坳,已经有好几头牛聚集在这儿了,看来是块风水宝地。认得出是谁家的牛吗?范范说。两黑两黄,三大一小,看上去像一家子。我摇了摇头。看牛耳朵上的印记,好像是大旺家的呢。范范说。范范是我们这带最聪明的孩子,他大我们两岁,牌技好,打牌很少输过。他说是大旺家的那准没错了。我们将牛赶到有草的地方,牛看见草地哞哞地叫,铃铛乱响,都兴奋起来。

牛一解放,我们也就解放了。仿佛是牛解放了我们。淅淅沥沥的雨落下来,天色更加阴沉。你不冷吗?我对二墩子说。不冷啊,二墩子说。你这个大傻×。我穿着夹克都冷得发抖。二墩子嘿嘿地望着我,和他爹一个傻球样。范范不知从哪儿弄了些松节油,捧了一大把过来。松节油清香,味道很好闻,易燃,耐烧,是生火的好东西。再弄点柴来烧堆火吧,怪冷的。范范扭头望着二墩子又说,你穿这么点,不冷吗?二墩子说不冷啊。我们听了暗自生气。

牛在那边开始啃草了,发出一片清脆的咀嚼声。即使冬天,林场依旧能找到新鲜的茅草、苔藓,这些都是牛冬天赖以生存的草料。雨渐渐大起来,林子里萦绕着一团白气,仿佛从地里生长出来的。有点像《新白娘子传奇》里的仙境啊!二墩子擦了把脸上的雨水说道。

我们谁也没理他。雨滴在脸上,透心地凉。那边有间废弃的小木屋,我们去躲躲雨吧。范范望了望天说道。我们都晓得那间小木屋是所废弃的小学,以前放牛的时候,我们常在那里打扑克牌。雨逼着我们撒起脚丫子就跑。不断有雨从树枝滴下来,落在身上,像挨一记记冷枪。灌木丛有斑鸠和野雉,嗖的一声,四散而逃,惊起一帘雨雾。林子很快热闹起来。我们一口气跑到小木屋,坐在门槛上,大口喘着气。雨慢慢大了起来,麻绳粗的雨珠从屋檐落下来,在我们脚丫子前砸出一个个水坑。小木屋是早些年日本人公益援建的小学,林场离山下远,上面散落着二十多户人家,山上的孩子下来上学不方便,于是在这儿建了所小学,勉强办了一年,没老师愿意上来,也没什么生源,很快就停办了。小木屋所有门窗都给人撬走了,长时间没人修葺,四处漏风漏雨,长满了青苔,茅草透过木板的缝隙,疯狂地往上钻。用不了几年,小木屋会被茂盛的植物吞噬掉。

　　几只避雨的蚂蚁急急地往台阶爬。范范折了根茅草,等蚂蚁哼哧哼哧爬上来,手指一弹,蚂蚁一个跟斗又翻下去。无聊透顶的雨水下个不停。透过雨幕,刚才啃草的牛群挤作一团,都在树下避雨。我有些饿了,摸出从家里带来的玉米棒子啃起来。我说,你们不饿吗?范范说,不饿,有点冷,要生堆火,烤一烤就舒服了。他这么一说,我也觉得冷起来。衣服刚淋了点雨,心底腾升的寒意一会儿比一会儿强烈。你去弄点干柴吧。范范朝二墩子扬了扬手。凭什么是我?二墩子怏怏地说道。咦,还会讨价还价了?范范站起来,伸手要打的样子。二墩子很不情愿地站起来,揉了揉眼皮,望着远处发呆，一副老大不乐意的样子。我说，快去吧，生了火我们打牌。听到打牌，二墩子就来精神了，说好，你们等着呵，我就去找些柴火来。二墩子兴冲冲跑出去了。范范掏出芋头，掰开，递给我一半。芋头还是温热的，早上刚从灶里掏出来。你吃玉米棒子吗？他摇了摇头，我家玉米都做猪饲料的。他这么一说，我也觉得玉米棒子索然寡味，便远远地扔了。范范说，今天打牌得赌点什么。我说，赌什么呢？范范说，带钱了吗？我摸了摸兜里，一块钱都凑不齐。范范说，不赌钱也成，但得赌点什么，他老输，不给点惩罚，玩得太没劲了。我点了点头，说是的，是得赌点什么才有意思呵。二墩子每次打牌都输，偏偏牌瘾还很大，我们早就不想跟他玩了。

　　二墩子兴高采烈地回来了，抱着一大捆干杉树枝。论干活，他的确是把好手，力气大，手脚勤快，这一点，我和范范都比不上他。很快，一堆旺火生了起来。火呼呼地笑，烧得杉树枝噼里啪啦的，像点着一挂鞭炮。我们伸手烤火，渐渐全身都暖和起来。透过火苗，二墩子一脸期待地望着我们。我们晓得他在等着打牌。二墩子大概是我们这一带牌瘾最大牌技最烂的了。吃完芋头，我有点渴，起身去找水喝。水是从山上用毛竹接下来的山泉，流进一口大水缸，昼夜不停，水缸永远都是溢满的。我用水瓢舀了半瓢，咕咚咕咚一口喝完。山泉甘洌，喝完舌苔清甜。喝完水我就晓得今天的赌该怎么打了。范范掏出扑克牌，说，今天打牌，我们打个赌吧。我点点头，说要得，不打赌玩着没劲。二墩子一脸愕然，打什么赌啊？我指了指水缸说，输了的喝水，怎么样？范范愣了下，马上随声附和，说要得，就赌喝水。

我们平时玩斗地主。范范说，老是玩这个，早玩腻啦，今天换一个新玩法吧。我说，什么新玩法呢？范范看来早就想好了，说诈金花吧。诈金花的确比较适合打赌。我点了点头，表示赞同。二墩子你呢？二墩子有些犹豫，望了我们一眼，见我们都同意了，只好跟着说，那就诈金花吧。范范说，每盘输了的喝半瓢，一瓢封顶，不许耍赖皮。规则说清楚了，我说要得。二墩子抿了抿嘴，不甘示弱，说崽才耍赖呢，也坐了下来。

范范的牌洗得行云流水，牌像长了翅膀似的在他手上飞舞。我们眼睛都看直了。洗完牌，范范说，开始吧？我们说开始。依旧是范范发牌。二墩子手气出奇好，第一盘就抓了个豹子，三个7，砰的一下，把我们都给炸飞了。第二盘，二墩子运气照样好，抓了个同花顺。这还怎么玩！范范扔了牌，扮了鬼脸说。我也觉得太匪夷所思了，二墩子手气怎么这么旺？我来发一盘牌试试。范范望了我一眼，没作声，但还是把牌递给了我。第三盘，我抓了对子，二墩子照旧眉开眼笑的，一副胜券在握的样子，看那嘴脸，谁也甭想比过他似的。我跟了几把，范范一个劲朝我使眼色，我疑心他也抓了一手好牌，有些沮丧，便扔了牌。我刚扔完牌，范范也跟着扔了，我疑惑地望他一眼，范范装作没看见。二墩子高兴得跳起来，哈哈，你们都上当啦！我看了下他的牌，比我俩都差，原来他使诈了。范范捶了他一拳，没有想到啊，连二墩子也学会偷鸡了。二墩子眼泪都要笑出来了。厉害啊二墩子！我也捶了他一下。一瓢山泉落肚，我感到肠子都凉了，不觉往火堆靠拢。范范喝完水，嘴巴一抹，说接着玩！二墩子哈哈大笑，说好！连赢三盘，他显然有些得意忘形了。我望了眼范范，范范也望了一眼我，我们异口同声说，继续继续！

表面上，这是一种自己掌控自己命运的游戏，牌不好，可以撤，但这个游戏的致命诱惑在于，你以为自己的牌不好，也许别人的牌比你的还要差，反之亦然。为了揭穿对手的底牌，会让人失去理智，拼命去跟牌。有时，明知对方使诈，也假装浑然不觉，诱使对方上钩后再绝地反杀。

接下来大家各有输赢，二墩子没再延续之前的好手气，渐渐输多赢少。他喝水很实在，不偷懒耍滑，每瓢都喝得滴水不剩。喝完还发出一声意犹未尽的长叹，将水瓢朝我们摇一摇，仿佛没有喝过瘾。好喝吗？范范说。二墩子打了个长长的饱嗝，拍了拍鼓胀的肚皮，嘿嘿笑。好喝的话多喝点。范范心照不宣地望了我一眼说。二墩子的样子，看着让人有些不爽。整个夏天，他都穿着那件脏兮兮的破洞T恤，仿佛从来没有换洗过，隔着几米远，都能闻到一股馊臭味。

雨比刚才又大了些，看样子要下暴雨了。厚厚的积雨云在头顶盘旋，虽然才到晌午，看样子却像傍晚了。大雨敲打着树叶，发出鼓点般的雨声。山涧那边轰轰隆隆，从山上奔泻的山洪击打着岩石，声震数里。雨声中，我感到气温比刚才又有所降低，尽管已经添了两次柴，火一直没有断过，我还是忍不住打了个寒战。我瞥了眼二墩子，他喝了太多水，不停打着饱嗝。我已经忘了去过多少趟水缸了。这种游戏，每盘结束得都很快，一两分钟就能见输赢。每次都是我负责去舀水。后来我不厌其烦起来,索性每次舀满一瓢。一瓢水,顶得上一瓶矿泉水了。这些水,大多数都流进了二墩子的肚子。我甚至能听见他肚皮下春雷滚滚的声响。我们当然也输,输了同样喝水,但和二墩子相比,我们喝水就没那么实在了,喝一半洒一半,有时含在嘴里,趁他不注意偷偷吐掉一些。此时的山泉不再甘甜,每一口下去都苦涩无味。我不敢相信二墩子竟然喝下了这么多的水。我们喝一瓢已经胀得受不了,他的肚子怎么这么能装?我故意拍了拍他的肚子,像拍一只皮球。我一拍,他嘴角马上溢出水来。

我说,二墩子,你怎么老输,没刚才厉害了呀。范范说,等下他手气来了,你就完啦。二墩子望着我们,不停打着饱嗝。看得出他非常渴望赢一盘。但手气这时已经不在他这边了,他很少再抓到好牌。为了赢,他只好重施故技,好几盘都偷鸡,但都让范范识破了。到后来,几乎变成二墩子一个人在喝水了。为了赢一把,他发了疯似的下注,输了又马上期待下盘的好牌。结果自然没能如意。他的脸色越来越苍白,嘴唇发紫,不知是冷还是喝了太多水的原因。他频繁起身撒尿。有时一盘还没有结束,他就忍不住了。你要拿出前三盘的本事,接下来的水就该我们来喝了。范范笑嘻嘻地说。撒完尿的二墩子有些疲累,动作明显没那么麻利,差点一个趔趄栽下台阶。我有些犹豫,说还玩不玩?范范说,玩,继续玩。我问二墩子,你还能喝吗?他抬了抬手,死死地盯着范范的牌。范范说,那好,还是老规矩,继续发牌。这一轮他又输了。我去舀了小半瓢水,二墩子感激地望我一眼,这次他没像之前那样一饮而尽,小心地啜饮一口，仿佛水里掺了毒药，全吐了出来。他求饶似的望着我们。喝呀，怎么不动了？范范望着他。实在喝不下去了……二墩子说。去撒尿，撒完尿就能喝下去了，我说。撒不出来了，一滴尿也没有。范范说，刚才不是尿还很多吗，怎么这会儿就没有了？你要赖吧！二墩子摇了摇头，捂着肚子，说实在装不下了，我肚子快要爆炸了。范范说，刚才说好的，愿赌服输，谁也不许要赖的。二墩子将没喝完的水洒在地上，说先欠着，下盘一起喝好不好？范范望了他一眼，说，行，下盘你还要这样，我们就对你不客气啦！

下一盘，还真让他给赢了，范范勉为其难地喝了半瓢，有些不高兴，动作变得很大，将牌重重地摔在二墩子跟前说，刚才饶了你没喝，下不为例啊！二墩子没有搭话。你个傻子，你听见没？范范说着有些生气起来，怪不得你妈生下你就跑了。我一滴水都喝不下了，二墩子打着饱嗝说，水不断从他嘴角溢出来。我怀疑将他肚皮摁一摁，他的嘴瞬间会变作一眼喷泉。我们别喝了行不行？二墩子哀求似的说道。怎么能不喝，不喝有什么好玩的，继续喝！范范像疯了似的，红着眼盯着二墩子说道。二墩子显然被他的样子吓住了，没有再吭声。思路变得更加迟缓，有时明明一手好牌，缩手缩脚的，也不敢再跟了。我喝了太多水，也开始频繁撒尿，继而感到一阵乏力，嘴巴泛出一股苦涩，舌苔有些发麻。说实在的，马上中止这个游戏，我会举双手赞成。我返身的时候，范范已经将牌发好了，我拿起来瞅一眼，同花顺，我怀疑看花眼了，再确认一眼，没错，789的同花顺，我有些激动，心想就接着再玩一把吧。我看了眼范范，他表情平静，看不出是好牌还是烂牌。二墩子刚才苦着脸,看了牌后,神情舒缓了些,想必也抓到一手好牌。最后一盘吧,我说。范范没作声。最后一盘,最后一盘,二墩子忙不迭说。范范说,行啊,就最后一盘,最后一盘谁也不许耍赖啊!我们都说好。

可能是最后一盘,再加上抓到一手好牌,二墩子表现得信心十足,一路加码。我突然意识到什么,提前撤了,最后变成二墩子和范范两人的互飙。亮底牌的时候,我的脑子轰地麻了下,不可思议,二墩子竟然抓了个AKQ的同花顺!二墩子瞪大着眼睛,眼里突然充满了血丝,罕见地冲范范喊,亮牌啊!范范望着他,不吱声。我以为范范输定了。亮牌啊,愿赌服输,不许耍赖!二墩子歇斯底里地喊道。仿佛过了许久,范范终于将底牌翻过来,三个A。豹子开头,豹子收尾,简直绝了!我想站起来,突然身子一软,只好靠着门槛。二墩子也惊呆了,一时作声不得。喝吧,范范说。二墩子一脚将盛满的水瓢踢翻,说不玩了,这怎么可能?!范范脸色顿时冷了下来,说你要耍赖呀?还没等二墩子起身,一把扑过去将二墩子压在身下,冲我喊,你去舀水!我迟疑了一下,但他的声音容不得我半分犹豫,我只好舀了一瓢水过来。范范又说,帮我压住他,不要洒了,我看他敢不敢抵赖。二墩子身子比我们都壮实,换作平常,我俩要压住他估计得费老大劲,但这时的二墩子浑身软绵绵的,一点反抗的力量都没有。范范用力掰开他的嘴,直接灌了起来。水倒进嘴里,咕噜咕噜的,二墩子想说什么,声音被水流堵住,呛得连连咳嗽,全身剧烈摇晃,范范使了很大劲才将他摁住。一瓢水灌完,范范仍然不满意,朝我喊,再舀一瓢来！我愣了下，他马上瞪我一眼，说，愣着干吗，快去啊！他的眼神很凶，我有些害怕起来，只好又去舀了一瓢回来。二墩子，我问你，我家的钱是不是你爹偷的？范范摁住他的脸问道。二墩子摇了摇头，说我不晓得。不肯承认是不？范范说，别以为我们不晓得，你爹买贵州女人的那两万块钱是从我家偷来的！我娘说钱藏在谷仓里，前年你爹帮我家碾米进过谷仓，肯定是你爹干的。二墩子一个劲摇头，被反复灌了好几次，已经说不出话来，剧烈咳嗽着。不承认是吧？那就继续喝！范范兴奋得脸都扭曲了，反复命令我去舀水。

二墩子像只大青蛙，四仰八叉的，一动不动躺着。我看那样子有些瘆人，说算了吧，别玩了。范范回头白了我一眼，似乎还不解气，我最讨厌赖皮的，刚才他就耍过一次赖了。他妈的他全家都是这号人，他爹明明偷了我家的钱，还死不认账！他妈的，这次要让他长点记性！

二墩子躺在地上，肚子一鼓一鼓的，嘴里不断涌出水来。我想把他拽起来，他沉得像秤砣似的，刚抬起又瘫软下去。我摇了摇他，问他要不要紧？二墩子不说话，定定地望着我，瞳仁有些吓人。过了一会儿，突然脑袋一偏，口吐白沫，浑身打起了摆子。我吓了一跳，忙甩了手。范范也慌乱起来，说你别给我装了，快起来啊！我们试图将他搀扶起来，这家伙软得像根面条，扶了几次都没扶起来。

范范望了我一眼，眼里闪过一丝悚然，我们手足无措，都干巴巴地蹲着，不知道接下来怎么办。我心中冒出一个不好的念头，想起很多年前一个冬天的傍晚，我听见外面有人正在呼喊我的名字，听见声音我就跑了出去,猛地发现一只巨大的黑鸟朝我头顶滑翔而来。那只鸟看起来比我家的风车还大,比我家晒谷坪还大,比我家房子还大……我置身于巨大的阴影里,被黑暗覆盖着,脑门甚至感受到了黑鸟翅膀振动的风声,那风声就像现在一样,让人汗毛倒竖,浑身发冷。

过了许久,范范才站起来,说,你也晓得,是他爹偷了我家的钱。我点了点头。怪他自己,非要喝那么多水的。我听见他继续说。我还没听过喝水能喝死人的。他探询地望着我说道。我只好又点点头。没事的,死不了,等他撒几泡尿就没事了。他故作镇定的样子让我深感不安。说完这些,范范似乎恢复了当初的勇气,说我们先回吧,不然天快黑了。那二墩子呢?我颤巍巍地打量他一眼,二墩子依旧一动不动地躺着。范范说,不管他了,让他睡一会儿吧。

我们将他拖到小木屋里边,为了不让他冻着,还往他身上盖了些杉叶。我们几乎小跑着下了山。一路上我回了好几次头,总感觉背后有人跟着我。我期待那是二墩子,回头却什么也看不见,林中小路上只有我们空空荡荡的脚步声和剧烈的心跳。我感到一颗心都快要从嘴里跳出来了。

回到家,天已擦黑,我们远远看到二墩子家灯火通明,挤满了人。几乎村里所有人都过来了,我从人群中看见了范范妈、大旺,还有两三个穿制服的新鲜面孔。贵州女人被绑在床架上,被人群里三层外三层围着。贵州女人的脸上还挂着泪痕,红肿着眼,嘶哑着嗓子在干号什么。山明闭着眼,躺在地上,一动也不动,像是死了。我们一脸困惑，天晓得发生了什么事。我望见我妈在织毛线衣，就走过去，说怎么啦？出什么事了？我妈给我翻了个白眼，没作声，她讨厌小孩打探大人的事。过一会儿她悄声问我牛放好没？我说放好了。山上有草吗？我说有的。所有人的目光都聚集在贵州女人身上，没人留意我们，更没人问起二墩子。我们好奇地望着那三个穿制服的陌生人，他们头顶的大檐帽看起来既威严又漂亮。

蓝色脑膜炎

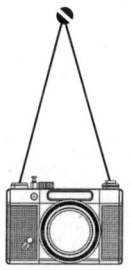

1

自打墙角那树泡桐开花起,雨天便统治了这一带。潮湿的雾水终日在河面萦绕。也许更远的陌生之地没有雨。她能想到最远的地方就是二十里地远的尖庄镇。那里有汽车通往更远的地方:县城或者省城。但这些超出她想象之外。眼下,她只能将想象定格在尖庄。那里有唯一的一条柏油马路贯穿整个集镇,两旁的房屋大多装上了蓝色的铝合金玻璃窗。晴天的时候,蓝色玻璃能反射出耀眼的光芒。她猜不出是些什么人住在里头。

雨季通往尖庄的路是泥泞不堪的,连拖拉机也没法进出。除非是要去尖庄购买化肥、种子和农药,否则没人会在这样糟糕的天气里出行。她想象长筒雨靴深陷泥淖中费尽力气也拔不出来破口咒骂鬼天气的人。连绵的阴雨一直持续着。似乎从她在教室被父亲接回家那天起,雨水就没歇过。木匠阴沉着脸,背着她,一手撑着伞。好几次,他差点滑倒。她紧紧钩着他的脖子。他们过了河,穿过桑林,离家里尚有一箭之地,就听到了老黑狗的吠叫声。湿透了的狗狂奔而来，舔着她的脚，摇着尾巴围着他们转悠了几圈，最后使劲地抖了抖身上的雨水。狗身上的雨水沾了几滴在她脸上。凉凉的。她想去摸摸它，想起同桌的话，又缩了回去。

老天一定和她耗上了。雨水每天都在持续。有时是早晨，有时是午后，有时则是深夜。她躺在小床上，听见瓦片上传来沙沙的雨声，不免有些失落。雨水停歇的那天，她的病就会好起来。她这么和自己打赌。为此她按时吃药，大把吞下那些难以下咽的药片。

窗外雾蒙蒙的，鸡在地里觅食，耕牛在犁田，毛桃隐藏在绿意中。这几日偶尔能听到几声清脆的炮竹声。早上的时候，她看到父亲在准备纸和蜡烛，也许清明快到了，也许还没到。去年的时候，清明那几日，晴空万里，热得能穿单衣，一点也不像春天。清明时节，她喜欢和大人们一起去扫墓。山里到处都是蕨菜和杜鹃。杜鹃花去掉花蕊，吃起来有些酸甜，伸出来的舌头紫得吓人。她在坟地满山乱跑，压根不知道什么叫怕。山下就是清河，终日奔流不息，流往尖庄。晴天清澈见底，雨天定会变脸。她第一次目睹死亡，就在河边。连日咆哮的河水将过河的疯子老郭给淹死了。有人目睹了这次死亡的诞生，洪水一点点地漫过简易浮桥上疯子的脚踝、小腿肚、膝盖，到大腿根的时候，颤颤巍巍的疯子发出一声尖利的呼喊，如裂帛之声。两天后，她看到的已是被泡得变了形状的老郭。脏脏的长发里夹着树叶、砂砾和鞭炮屑。嘴里不停地涌出水。想起没有疯之前的老郭曾给她摘过杨梅，她感到忧伤。那天夜里，她梦见老郭又活了过来。傻呵呵地朝她笑，手里提的正是一篮杨梅。梦中天空湛蓝如洗，蓝得令人目眩。醒来的时候，她觉得头晕，只听见隔壁父母喘息的声音，床板吱嘎响着，挨了疼一样。那种声音在夜里听来格外诡异。她有些害怕，捅了捅旁边的姐姐，没能弄醒。那一夜，她接连又做了好几个梦。全和死人有关。她梦见了去年得脑膜炎的同桌小桃子。小桃子很少说话，平时只和她要好。大家一起玩丢沙包，小桃子从不参与，坐在教室，把玩着自己的小辫子，目光伸向窗外，沉默如盛夏无风的树叶。大家似乎都不喜欢这个孤僻的女孩。一次，她在小桃子背后悄悄贴了张纸条，上面写着"一只发呆的猪"。然后跟着大家起哄，让那个女孩羞愧难当，埋头痛哭了一中午。从此她俩再也没说过一句话。确诊患上脑膜炎的那天，同桌被家人领了回去。她还记得同桌最后收拾书包时和她说的那一句话："你记着，脑膜炎是能传染的。"说完，她背着那只土黄的书包迈出了教室，从此再也没回来过。那句话让她在心惊胆战中度过了几天。

有人说小桃子被县城的亲戚接去治疗了。她于是想起尖庄临街的那些蓝色铝合金玻璃窗。县城想必更多一些。那些蓝色的光芒让她着迷不已。去县城治疗的消息让那些从未去过县城的同学感到艳羡。他们说，这种病只有县城或更大的医院才能救治。但另外的消息说，小桃子已经死了。半夜孤零零地死在床上，家人第二天才发现。

父亲曾领她去尖庄看过一趟病。那天刚好有拖拉机要去尖庄，搭的顺风车。他们站在敞开的车厢里，一路受尽颠簸之苦。有好几次，她就要跌倒了。父亲一把将她拉过来，叮嘱她扶好。木匠的手粗糙、温热。见她在看他，他往衣服里窸窣探索了一会儿，掏出一根皱巴巴的烟。剧烈的颠簸中,划了几根火柴才点着。她闻到一股呛鼻的烟味,没忍住一长串的咳嗽声。衡阳牌手扶拖拉机一直沿着河岸在走。除了柴油机的轰鸣之声,她还听见了对岸布谷鸟的声音。有几只白鹭正贴着河面飞翔,姿态优雅。接着,她看见了两个戴草帽的人,都背着枪。她没来得及再想些什么,啪啪的枪声就响了。戴草帽的猎人手忙脚乱地给鸟铳装上火药,长枪杆里冒着青烟。父亲和拖拉机手的声音几乎同时响起:"狗日的,又打到下酒菜啰!"

医生说脑炎膜能传染,这话是当她的面说的。从镇医院回来,她就戴上了口罩。姐姐不再和她住一个房间,和父母挤着睡。她意外发现镇上的玻璃窗颜色都变了,没她想看的蓝色。这点让她大失所望。"怎么没有蓝色玻璃了?"她问父亲。木匠提着一大袋子药,为省一点药费,刚遭了大夫一顿阴阳怪气的抢白,显然还余怒未消。"今年买化肥种子的钱都在这儿了,希望能治好你的病吧!要还不好,也怨不得人了。"父亲哆嗦着手,将钱从塑料袋里掏出来,结了药钱。"我就是个苦八字。"推门走出去的时候,父亲又说道。

那些药很苦,她小心翼翼都吃了下去,像在吃糖。然而晕眩的次数似乎越来越多了。她不再出门,怕光,怕冷。终日关在那间昏暗的小房间里,很少进食。窗户正对着那棵泡桐。有时能瞥见经不起雨水浸泡的花朵,啪的一声,掉在地上,引起老黑狗的轻吠。花朵已经失去新鲜的颜色,散发出腐烂的死亡气息。大多数时间,她坐在床上,目光涣散地伸向窗外。有时侧卧于床,什么也不想,听雨水从屋檐上滴落的声音。她感到脖子越来越僵硬。硬得像铁块。

中午的时候,她没忍住呕吐,弄脏了被单。母亲给她换了干净的被褥。没有久待,走的时候往她头上抚摸了几下。母亲的手很冷。这个年届三十的女人,给她生了个姐姐。按理说,还该有个弟弟。母亲怀胎六月,深夜被人强行拉去尖庄引了产。这事让父亲大受打击,和母亲的关系也日趋紧张,两人经常为一丁点小事闹得不可开交。

"你巴不得秋妹子死,她死了,还能光明正大再生一个!"

"要不是你连生俩女娃,那孩子也会活着。"

"哦嗬,生男生女这事由不得我。"母亲反唇相讥道。

两人谁也不甘示弱。她躺在昏暗的房间,眼前浮现着河面游弋的白鹭。一只只起飞,黑色的长喙刺破天空,发出嘎嘎的叫声。那声音只有她能听懂,是在询唤她的。

"黄秋——"

有天她听见了外面有人在叫她。连叫了好几声。然而窗外一个人也没有,父亲外出了,母亲带着姐姐赶集尚未回来。她看见了河面上的白鹭。洁白的羽毛,优美的身影,在空中滑翔,又落回河面。

如果有来生,要变成一只白鹭。她这么想。

具体已经记不清哪天了,老郭曾给她讲过几句话。她只记住了其中一句,并久久不能忘怀。"我的前世是一棵树,今生是个疯子,后世要变回人。"说完,他朝她露出一口坏掉的槽牙。

一次作文课上,她曾想写他。题目是《回忆一个难忘的人》。她想了一会儿,最后还是放弃了。她写了那个尚未谋面的弟弟。她写道:"如果弟弟活着,他们就不会打骂我……他会叫我姐姐。"结尾的时候,她写道:"我希望弟弟是蓝色的。"

这篇文章被语文老师张弛作为范文在课堂上朗诵,受到张弛老师的表扬。"为什么希望弟弟是蓝色的?"面对刚从师范学院毕业的张弛老师,她显得局促不安,红着脸,一句话也说不上来。那是她头回进他的宿舍,非常简陋,但收拾得井然有序,桌上摆满了书,玻璃下面压着一张醒目的女孩照片。靠着墙,笑起来像朵花。她惊讶张弛老师这么多的书,连那张单人床也腾出半边,让给了书。她瞥了眼,全是外国人写的,有些名字很长。桌上有一封省城寄来的信,露出几行娟秀的字迹。她刚收回目光,张弛老师已悄然将信压在了书下。

那堂课,正式确定了她对蓝色的偏爱。在后面的作文里,她不厌其烦地用到了蓝色。"天空是蓝色的……""在蓝色的海面上……""蓝色的玻璃窗后面……"

自那以后,她开始留意起张弛老师的一举一动。张弛老师是省城师范学院毕业的,是这所小学有史以来学历最高的一位老师。他从不照本宣科,上课也不带教材,很少和他们讲课本上的东西。他讲古希腊寓言、《小王子》和苏武牧羊,一口流利的普通话,学生们都听得入了迷。他生得白净、斯文,喜欢白色,一看就像城里人。他不苟言笑,也很少和其他老师往来,老师们的棋牌局,本地的红白喜事,也概不参与,上完课默默回到宿舍,关紧门,不知在里面干些什么。她看见张弛老师沿着河岸散过几次步,走得很远,直到那道孤独的背影消融于苍茫的暮霭中。背地里那些老师骂他是"四眼子狗""不通人情",咒他这辈子也别想回城。她起先不明白,像张弛老师这样的人怎么会被分配到这来。他不属于这里,和周围明显格格不入。后来她才听有人讲,说张弛老师上学时挨了处分,毕业就被发配到这个穷乡僻壤的地方来了。

这天下午,她陷入短暂的晕厥中。她听见父亲在堂屋干木工活。刨子在伸舌头,墨斗在跳舞,直尺在做广播体操,凿子很生气。斧头劈进木头时,她能感到身上疼。她慢慢腾起,穿过墙,浮在房梁上,看着父亲。父亲正推着刨子,胡子拉碴,双眼通红,一夜间苍老了许多;旁边一具白色的小棺木已快完工。白鹭从窗户飞入,要载她走。她有些不舍。白鹭盘旋几周,振翅远去。她还清晰地听见泡桐掉落地面的声音。一朵、两朵……她重新睁开眼,天色已经暗了下来,到掌灯时分了。外面的灯光从门缝透射进来。院里的老黑狗焦躁地狂吠着,似乎有生人要来。杂乱无章的脚步声越来越近了,里面似乎能听见熟悉的笑语。他们走近院子的时候,老黑狗挨了父亲一脚踢,哀叫一声躲远了。她听见了张弛老师的声音、同学们的声音……这些声音让她感到难堪。

门开了,更多的光漏了进来。她看清了张弛老师的脸庞。他正在向她父亲解释:"这些娃娃,非得跟来……"一张张生动的脸围着她。她从他们的眼神里分别领略出了怜惜、恐惧和茫然。

"黄秋,"张弛老师凝视着她,眼镜背后闪过一道澄澈的光来,"你安心养病,我还等着你的作文呢。"说完,他用力抓了抓她的手。紧接着，那些平日里很少说话的男女同学也跟着张弛老师依葫芦画瓢地说起来。他们学大人说话的腔调有些滑稽。她不知道该说什么好，疲惫地眨了眨眼。要是他们都不在场，她也许会和张弛老师悄悄说句什么。说什么好呢？她想应该告诉他，泡桐是蓝色的，白鹭也是蓝色的，连她的脑膜炎也是蓝色的。

2

　　进黄秋家的时候，张弛老师看见院墙角里的那堆泡桐花骸。白色的花朵在春夜熠熠生光。那一刻，他感到内心有什么东西在流淌。木匠赶走狗，递上烟，和他简单寒暄了几句。他问了问黄秋的情况，木匠眼里的光抖了抖，余光瞥向堂屋的一角。堂屋里摆着一具简易的白色小棺木。尚未上漆。这边规矩，给夭折的不需上漆。张弛老师走近看了眼，心里凛然一震。小棺木里摆放着黄秋的课本、文具和她的衣裳。"还有别的办法吗？"他心有不甘地问了木匠一句。"张老师，我连买种子的钱都给她治病了。我没什么亏欠她的了。"木匠受了伤一样，发出剧烈的咳嗽声。
　　回去的时候，张弛老师一路沉默着。他将木匠散的香烟从耳朵上摘下来点燃，深吸一口。烟头嗞的一声，烫亮了黑夜。薄暮的沉寂偶尔被几声稚嫩的声音打破，有人叫嚷后面的人踩到他脚后跟了，跑来告状。连日的春雨把小路浸泡得发软。泥淖没入脚面，每一步都走得很艰辛。杂乱的脚步在春夜发出猪啃食时的声响。暮色越来越黏稠了，天际线和平原浓墨重彩地融合在了一起。一路上，他都处在恍惚中。他想起女孩疲惫的眼睛，带着死亡降临时飘雪般的寂静。他不忍心多看，有什么东西悄然浸润了他全身。她似乎想和他说些什么，但已经没了力气。张弛老师感到一件珍贵的东西在心里打碎了。临走前，他握了握她的手。她的小手很凉，像摸一件瓷器。

张弛想起上第一堂作文课的情景。他没有事先表扬，直接拿起她的作文簿念起来。当他念到"我希望弟弟是蓝色的"时，班上哄堂大笑起来。他停顿了会儿，目光往每张生动的脸上梭巡了一遍，然后严肃地说："不许笑，黄秋同学这篇作文写得好。"所有的脸一下子肃穆下来，目光纷纷投向这个已经面红耳赤的女孩。她将书竖起摊开，整张脸埋没在书背面。这事就像发生在眼前。自那以后，张弛老师偶尔能感觉到投向他背后的目光，羞涩又炽热。他假装没看见，也没再当众夸过她。他问她平时喜欢读书吗，她说喜欢。张弛老师认真看着她，点了点头说："我来教你。"那天起，他开始单独辅导她的作文课，把自己的书借给她回家读。她很聪颖，一点即通，书也看得很快，不懂的地方便来问他，说几句就能领会意思。那是他在这儿为数不多的一点快乐和希冀。

波光粼粼的水稻田已经插了秧。瘦弱的秧苗尚未扎稳根基，有的已漂起，露出浅褐色的禾蔸。没了根基，秧苗活不下去。再过两个礼拜，就到薅草和追肥的时候。那时秧苗已在陌生的田地扎好根，节节拔高，一片葱郁。暮色更浓了，平原尽头是片朦胧的乳白。蛙声已然响起，在田野连成一片。夜里，蛙取代了人类，它们才是这儿的主人。在师范学院的时候，他也常在这嘈杂又寂静的春夜，和女友小靳一起沿着郊区的河边散步。他穿着她最爱的白板鞋，一起拉手走到很晚才回校园。白色是他二十多年来一直钟爱的颜色。他的衬衣是白色的，袜子是白色的，甚至内裤也是。他喜欢将自己收拾得干干净净。

毕业时，谁也没料想，他会被分配到这个穷乡僻壤来教书。得知消息的那天，他去找小靳，将结果告诉她。

"没有别的办法了吗？"她说。

他把小靳搂进怀里，宽慰她："你等我，最多两年，我想办法调到城里来。"她的肩膀微微颤抖。她想挣扎，他将她搂得更紧，直到回归平静。

工作后，张弛老师前往省城看过两三回小靳。小靳有了些变化。不再是那个梳着两条辫子像个小孩子的小靳。关系虽还处着，但每次见面，都是一个些许陌生的小靳出现在他面前。她烫了发，涂着口红，还修了眉，穿红色高跟鞋，他快认不出来了。他还是两年前的那个他，白色、素净。最后一次见，她送了身西服给他："现在早流行穿这个了。"她让他当面换上。穿上新西装的张弛瞬间像换了个人。她上下赏析了一番，突然紧紧抱着他，伏在他肩上啜泣。他终究还是察觉出了变化。她手上戴的那枚戒指很是耀眼。两人都没再提起工作调动的事，当晚什么事也没发生。

从省城回来的路上，张弛老师坐在颠簸的长途汽车上，头回涌出喝酒抽烟的念头。狠狠地抽，狠狠地喝，抽尽人生最后一根烟，喝尽人生最后一滴酒。这样想着的时候，张弛老师眼泪就下来了。邻座一位丰腴的女人愕然地望着他，张弛老师慌乱地将头伸向窗外。离尖庄越来越近了，曾经陌生的风景，在眼前越来越熟悉，这种熟悉将永久持续下去，直到他闭着眼也能数得出尖庄哪处有几棵树，哪处有几户人家。想起这些，他的眼泪抑制不住地滚落，一辈子的泪水在那天全部挥霍完。

那位邻座的女人后来成了他同事。她老公以前也是老师，两人结婚尚未生育，丈夫就患癌症去世了。她便顶替了他的职位，当了名数学老师。这位比张弛老师大上五岁的寡妇，性格豪放，对他充满了各种好奇心。

"你堂堂师范毕业生怎么来这个鬼地方了啊？

"那天我看到你哭了。

"你为什么哭？

"一个大男人，哭哭啼啼的，像什么回事啊！"说着，她顺手拿起他床头的一本书念了起来，"陀……思妥耶……夫斯……基……天呀，这外国佬的名字怎么这么绕，我舌头都要断了！"她一本一本地翻，惊诧地问他怎么那么多老外的书。他坐在宿舍唯一的一张木椅上，默然抽着烟，烟雾将他掩埋。短短几年，张弛老师夹烟的手指已被劣质香烟熏黄。

她倒不避嫌，常来他宿舍坐坐，有人背后嚼舌头，她也不介意，说那是她认的弟弟。她埋怨他房间呛人的烟雾，让他多开窗户通风透气。心情好的时候，她还会替他收拾凌乱的宿舍，把堆积如山的脏衣服也洗了，顺手还做几手地道的家常菜陪他下酒。动作麻利，嘴上却一刻也不停歇着。

"成天读这些书有什么用？年纪也不小了，难道家里不催你吗？你有心仪的对象没？"

他愤愤地甩下手头的书说："你到底有完没完了？"她也不生气，丰腴的脸上浮现着耀眼的笑。

那年暑期，他躺在简易的乡村教师宿舍里，用收音机收听了在西班牙巴塞罗那举行的第二十五届奥运会。中国体育代表团一共收获了十六枚金牌、二十二枚银牌、十六枚铜牌。他记着这些数字，没振奋，也没感到低落，他觉得外边的世界和自己再无关联。唯一和他有关联的，是这个寡妇。他一次次沉迷在她温热的怀里，发出窒息般的喘息。女人像抚慰自己的孩子，轻轻地摸着他的头。他没再哭过。这年夏天结束，他动了娶她的念头，时间定在第二年的端午节。女人是把干活的能手，又能说会道，性子泼辣，谁欺负她一句，必讨回来，没人占得了她半分便宜。她附带着连张弛老师也一起保护了。每隔一个礼拜，必将张弛老师的白球鞋刷洗得干干净净，晾在窗台上，上面盖着手纸。窗台的盆栽里种着鸡冠花、仙人掌和金鸡菊，争相怒放。他们公然过上了同居的生活。

有一天他们在宿舍亲热的时候，透过未拉严实的窗帘缝隙，看见了外边一双懵懂而明亮的大眼。他喊了声，外边的眼睛就不见了。张弛老师推开压在身上的肉体，颓然点上一根烟说："这成何体统。"数学老师过来安慰他："小孩子嘛他们懂什么。"张弛老师厌烦地推开她的手说："我这辈子也就这样了。"说完发出一声叹息。

张弛老师自知那天在外边的是谁。几天前，黄秋在作文簿上写道："老师你为什么要找她呢，她那么丑，还比你大，她配不上你。"他的头嗡的炸了一下，像树枝断裂的声音，传递全身。那天，他在课堂上罕见地走了神。那个穿着蔚蓝色的确良衬衫的女孩，两条乌黑的辫子撇在身前，将清澈的目光伸向讲台。他有些恍惚，没敢再往她身上多看一眼。他在她的作文簿上写着：大人的事，小孩不懂。

她的作文越写越好，人也越来越安静。有回下完课，教室的人都走净，她怯生生地在他身后问了句："老师，我能问你个问题吗？"

他说："你讲。"

"你为啥来这里？"

张弛老师愣了下，不知该如何回复，只淡淡地说："等你长大后就会明白了。"

"那你会离开这儿吗？"

张弛老师深深看了她一眼，没再回复，转身走了。

平原尽头朦胧的白色已然和黑夜消弭一处。四周黑乎乎的一片，没点星光。唯一的手电筒在班长锅盖头手里，张弛老师要了过来。

光柱划破夜空。快到河边的时候,张弛老师大声叮嘱学生们跟紧,不要掉队。他有些后悔草率答应这些娃娃们的请求。春汛期,河面涨了不少,浮桥晃晃悠悠的,站在上面小腿肚子打颤。有那么一会儿,蛙声鸣金收兵,鸣虫也缴械了,原野一片死寂。继而能听见远方有闷响传来。张弛老师将学生分成四组,每组十人,领着他们过河。男娃们并不害怕,嘻嘻笑笑就过去了。胆怯的女生由张弛老师手牵着手过了河。轮到最后一组的时候,远处的闷响大了起来,越来越近,那声音让人恐慌。张弛老师领着他们刚到河心,受了惊吓的娃娃们乱作一团。有经验的孩子朝张弛老师喊:"老师,山洪来了!"张弛老师从未见过山洪,他挥着手电筒,大声喊孩子们赶紧跑。等他们慌乱上了岸堤,张弛老师才发现还有一个女孩蹲在浮桥上,瑟瑟发抖着。洪水咆哮着,张开巨嘴,湮灭了岸上的呼喊声。

3

凌晨的时候,木匠把黄秋抱进他亲手打造的棺木里。窗外电闪雷鸣,瓢盆大雨。银花在一旁啼哭,雷声镇压了悲泣。棺木大小刚好合适,她换上那套蔚蓝色的干净衣裳,躺在里面,表情平静,像沉睡了过去。他把她使用过的东西和衣物,都塞了进去。还有一只陀螺。平时黄秋总是闷闷不乐,木匠希望小女儿在下面过得快乐些。这具棺木是他最拿得出手的东西了,完工的那天,他颓然想到。他给人打过无数衣柜、橱柜、桌椅、婚床、木窗……没想到自己最满意的作品,是给女儿的棺木。木匠一边干活,一边翻涌着泪花。刨子不停地从槽口吐出刨花,像吐不完的往事。黄秋小时候喜欢在刨花堆里打滚儿,新鲜的刨花闻起来有股木香味。她几次央他做个陀螺,他随口答应着,但从未做过。完工那天,他罕见地喝了三两烧酒。

一直下雨,天亮得迟缓。一夜未曾合过眼的木匠感到浑身乏力,心里还想着那只陀螺。为什么不早给她做一只呢,举手之劳而已。他点上一根烟,只觉烦闷。这会儿雨又大了些,落在屋前的池塘上,砸出一个个无限放大的圆圈。天色随着雨势也明亮起来。远处的山峦被柔和的白雾缠绕、包裹着。村支书戴着斗笠,身披蓑衣,身影从雨幕中冒了出来。木匠有些吃惊,刚想打声招呼,村支书黑着脸说:"昨夜山洪暴发,浮桥冲垮了,卷走了张弛老师和铁匠家的香妹子。"木匠头皮麻了麻。

"找着了吗?"

"张弛老师找到了,香妹子不知冲到哪儿了。"

木匠望着村支书,身子晃了晃。村支书说:"估计找到也没个活头了,我绕了老大远一圈,从上游黄瑾村过来的,那边的桥还在,你赶紧准备两具棺木吧,不用上漆,白杉木的就行,账先挂在村委会头上,越快越好!"临走又说,"张弛老师是探望秋妹子回去出的事。"

村支书走后,木匠靠着墙,缓缓蹲下去。他感到背后很凉,贴着冰块一样。雨势越来越大了,厚厚的乌云里春雷滚滚,一道道闪电在云层抽搐，泡桐在暴风雨中簌簌摇晃着，变成一团朦胧的糊影。木匠在地上摸了摸，想抓住点什么东西，却两手空空。他抬起头，倾盆的暴雨万箭齐发，瞬时模糊了他的视野。他一生也没见过如此凌厉的雨，好像全世界的雨水都落在了这儿。

图书在版编目（CIP）数据

消失的女儿 / 郑小驴著 .-- 北京：北京十月文艺出版社，2019.9
ISBN 978-7-5302-1913-3

Ⅰ.①消… Ⅱ.①郑… Ⅲ.①短篇小说－小说集－中国－当代 Ⅳ.①I247.7

中国版本图书馆CIP数据核字（2019）第006512号

消失的女儿
XIAOSHI DE NÜER
郑小驴 著

出　　版	北京出版集团公司
	北京十月文艺出版社
地　　址	北京北三环中路6号
邮　　编	100120
网　　址	www.bph.com.cn
发　　行	新经典发行有限公司
	电话（010）68423599
经　　销	新华书店
印　　刷	三河市三佳印刷装订有限公司
版　　次	2019年9月第1版
	2019年9月第1次印刷
开　　本	880毫米×1230毫米　1/32
印　　张	8
字　　数	164千字
书　　号	ISBN 978-7-5302-1913-3
定　　价	49.00元

质量监督电话 010-58572393
如有印装质量问题，由本社负责调换

版权所有，未经书面许可，不得转载、复制、翻印，违者必究。